亚洲经典著作互译计划

亚美尼亚童话集
ՀԱՅ ԺՈՂՈՎՐԴԱԿԱՆ
ՀԵՔԻԱԹՆԵՐ

（亚美）霍夫汉内斯·图曼扬 著
贺阳 译　子夜鸟坊 绘

光明日报出版社

图书在版编目（CIP）数据

亚美尼亚童话集／（亚美）霍夫汉内斯·图曼扬著；贺阳译；子夜鸟坊绘. -- 北京：光明日报出版社，2024.6
ISBN 978-7-5194-7623-6

Ⅰ．①亚… Ⅱ．①霍… ②贺… ③子… Ⅲ．①童话-作品集-亚美尼亚 Ⅳ．①I369.88

中国国家版本馆CIP数据核字(2023)第222766号

亚美尼亚童话集
YAMEINIYA TONGHUA JI

著　　者：（亚美）霍夫汉内斯·图曼扬	
译　　者：贺　阳	绘　　画：子夜鸟坊
责任编辑：章小可	责任校对：郭玫君
封面设计：安世鹏	责任印制：曹　诤
版式设计：谭　锴	

出版发行：光明日报出版社
地　　址：北京市西城区永安路106号，100050
电　　话：010-63169890（咨询），010-63131930（邮购）
传　　真：010-63131930
网　　址：http://book.gmw.cn
E-mail：gmrbcbs@gmw.cn
法律顾问：北京市兰台律师事务所龚柳方律师

印　　刷：北京科普瑞印刷有限责任公司
装　　订：北京科普瑞印刷有限责任公司
本书如有破损、缺页、装订错误，请与本社联系调换

开　　本：145mm×210mm	
字　　数：81千字	印　　张：5
版　　次：2024年6月第1版	印　　次：2024年6月第1次印刷
书　　号：978-7-5194-7623-6	
定　　价：78.00元	

版权所有　翻印必究

前言

在亚美尼亚，图曼扬的童话故事伴随着每一个孩子的童年，当一代孩童长大成人，这些故事又被他们讲述给自己的下一代。《懒惰的胡莉》《愚人》《基科斯之死》等都是人们世代相传的珍贵故事。这些故事揭示了人类的精神世界和人性的本质，所以这些童话不仅适合天真的孩子们，也适合耄耋的老人，人在每个年龄段再次阅读后都会产生新的感悟。

图曼扬最为人熟知的身份是童话作家，然后才是翻译家和社会活动家。他是一位天才作家，在12岁时就完成了自己的第一部作品。他创作的诗歌、散文、民谣、小说、童话、评论、文学批评和新闻文章都具有极高的文学价值和社会意义。

图曼扬从亚美尼亚民间故事中汲取灵感，一共创作了二十多个童话故事，其中包括《雇主和工人》《一罐金子》《不幸的帕诺斯》《没有尾巴的狐狸》《勇敢的纳扎尔》等，除此之外还翻译了很多其他国家的民间故事。

亚美尼亚的文学历史源远流长，但发展至图曼扬生活的时期，亚美尼亚文学的形式和内容已经变得过分传统和复杂，不再适合普通民众阅读。而图曼扬的写作语言和思想表达通俗易懂，可以说，图曼扬用他的作品对拥有数百年历史的亚美尼亚文学进行了一场革命。除此之外，他的作品深刻反映了亚美尼亚人民的心理、思想和愿望。他的文学作品，特别是童话故事，已经跨越了数代人，继续在年轻和年长读者的心中编织着魔法。

我的祖母是一位聪明又温柔的女人，她是我童年时光中最重要的人。每天晚上，当太阳落入地平线，天空变成粉橙色时，她就会叫我坐到她身边去，给我讲图曼扬的童话故事。我聚精会神地听祖母讲故事，听愚者如何受到劝诫，说谎者如何受到惩罚，正义总是可以战胜邪恶。每一个故事都令人充满敬佩，我的想象也越飞越远。在讲故事时，祖母的眼睛里映着日光的余晖和点点的灯光，这些温暖的色彩和光芒将与图曼扬的故事一起，在我的记忆里永存。

图曼扬的故事是我童年中不可或缺的一部分。这些故事向我灌输了善良、坚持和文化遗产的重要性。现在我更加相信,童话故事提供的不仅仅是娱乐,它们还是通向同理心和好奇心的大门。如今,当我回顾童年时,我意识到了那些与祖母一起沉浸在图曼扬童话世界中的珍贵时光所带来的深刻影响。这些故事如同挂毯中的丝线,已经被编织入我的生命,帮助我成长为现在的自己。

正如我所经历的一样,无数亚美尼亚儿童在图曼扬的故事中获得了灵感、智慧和快乐。随着我们的成长,这些故事就像明灯一样照亮了我们的人生道路。

在这本书中,您将前往图曼扬童话中的奇异世界。愿您在阅读这本故事集的过程中度过一段愉快的旅程,愿这些故事的魔法永远留存在您的心中,为您搭建一座通往亚美尼亚和世间道理的桥梁。

Meri Knyazyan

玛丽·克尼亚江

目录

愚 人 · 001

一罐金子 · 007

勇敢的纳扎尔 · 013

基科斯之死 · 031

…… 天堂花 · 039

说谎的猎人 · 049 ……

…… 狂欢节 · 055

不幸的帕诺斯 · 061 ……

…… 地主和工人 · 067

旅　伴 · 077 ……

会说话的鱼 · 081

…… 没有手臂的姑娘 · 089

小山羊 · 103

…… 没有尾巴的狐狸 · 109

麻雀 · 115

…… 懒惰的胡莉 · 121

······· 喜爱宴会的人总能及时行乐 · 127

查查国王 · 139 ·······

······ 聪明人和蠢人 · 147

不可战胜的公鸡 · 155 ·······

愚 人

从前有一个穷人,无论他如何努力,都无法摆脱穷困。

有一天,绝望的穷人决定去找上帝:"我要去寻找上帝,问问他我是不是还要受很久的苦,希望能向他乞求一些东西。"

在寻找上帝的路上,穷人遇到了一匹狼。

"人类兄弟,你好,你要去哪里?"狼问。

"我去寻找上帝,我要向他讲述我的痛苦。"

"如果你找到了上帝,请跟他说,有一匹饿狼终日在山野间搜寻,却找不到食物。请你

问问上帝它还要忍饥挨饿多久,告诉上帝,既然他创造了狼,就有责任喂饱它。"

"好的。"穷人说,然后继续赶路。

不知走了多远,穷人遇到了一个漂亮的姑娘。

"兄弟,你要去哪里?"

"去找上帝。"

"你见到上帝的时候,"姑娘恳求道,"请告诉他,有一个年轻、健康又富有的姑娘,她既不快乐也不幸福。请问问上帝她该如何是好。"

"我会跟上帝说的。"穷人答应了

姑娘，然后继续赶路。

路上，穷人又遇到了一棵树，虽然树就生长在河边，但还是干枯了。

"旅行者，你要去哪里？"

"我要去寻找上帝。"

"请稍等一下，我想拜托你一件事。请你告诉上帝，天下怎会有这样的事情，我生在河边，但整年都干枯着，我什么时候才能长出绿叶？"

听完树的请求，穷人继续赶路。

他走啊走，终于走到了上帝面前。穷人看到上帝是一位白发苍苍的老人，靠坐在高山下的崖壁上。

"你好！"穷人站在上帝面前说道。

"欢迎！你有什么事吗？"

"我希望你能平等地对待所有生灵，不要让有的人拥有一切，而让另一些人一无所有。就拿我来说，不管我怎么努力，我还是无法摆脱贫困。而很多人，你看，还没有我一半努力,却过着富足安宁的生活。"

"好的,你走吧,很快你就会有钱了。我会将幸福送给你,去享受生活吧!"

"我还有别的事情要讲。"穷人又继续向上帝讲述了饿狼、美丽的姑娘和枯树的委托。

得到上帝的答复后,穷人向上帝鞠了一躬,然后出发回家。

回家的路上,穷人遇到了枯树。

"上帝说了什么吗?"

"上帝说,你的根下埋着黄金。如果不把黄金挖出来,让你的根深入地下,这样就没法长出绿叶。"

"那不如这样,你把黄金挖出来,这对我们都有好处,我可以长出绿叶,而你可以得到一笔财富。"

"不,我没有时间,我还有急事。上帝给了我幸福,我得尽快找到。"穷人离开了。

穷人走着走着,美丽的姑娘又拦住了他的去路。

"你从上帝那里给我带回了什么消息吗?"

"上帝命你找一个伴侣,这样忧愁就会离你而去,你将生活在快乐和幸福之中。"

"如果是这样的话,请你做我的丈夫吧!"

"不行!我没有时间,上帝许诺了我幸福。"穷人继续

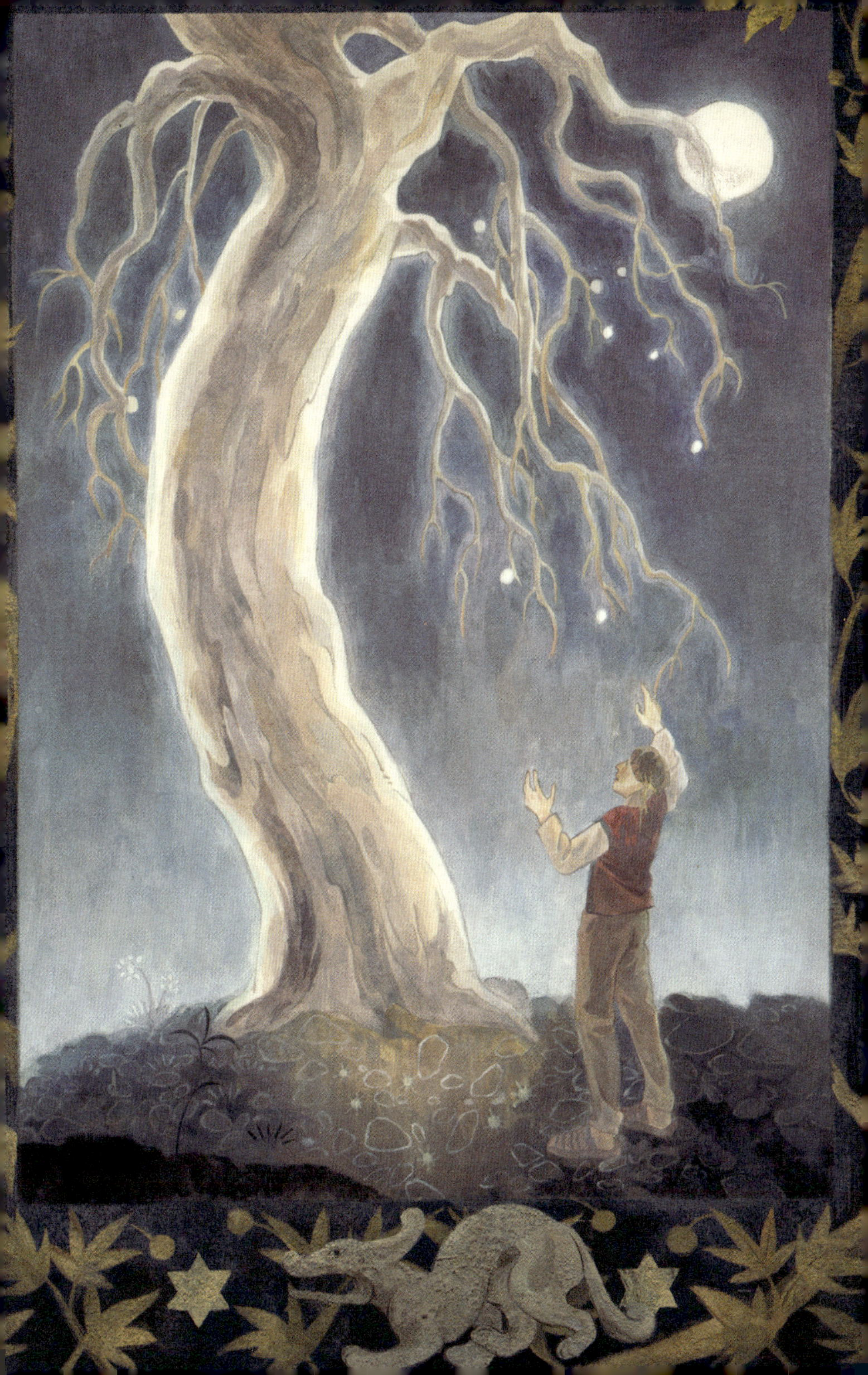

赶路。

饿狼在路上等着穷人。它一看到穷人,就立马冲向他。

"上帝说了什么吗?"

"兄弟啊,在遇到你之后,我还遇到了一个漂亮的姑娘和一棵枯树。姑娘想知道她的命运为何如此惨淡,树想知道它为什么干枯。我都告诉了上帝,他回答说,'你告诉姑娘,让她找个丈夫结婚,她就会幸福;你告诉树,将树下的黄金挖出,让树根深入地下,它就可以焕发生机'。我把上帝的话都告诉他们了。树说,'你把金子挖出来拿走吧',姑娘说,'娶了我吧'。我说,'不行,我的朋友们,我做不到,上帝许诺了我幸福,我现在顾不上你们'。"

"那上帝说了我什么事情吗?"

"上帝说,你会一直饿着肚子奔走觅食,直到你见到一个愚人。你吃掉他,就能饱了。"

"我找不到比你更愚蠢的生物了。"

说罢,狼把这个愚人吃掉了。

一罐金子

我从老人那里听说,老人从他祖父那里听说,老人的祖父又是从他的长辈那里听说,从前有一个贫穷的农民,他的全部财产不过是一小块地和两头牛。

后来,农民仅有的两头牛都死了。春天来了,又到了耕种的时候,农民没有牛,就把地租给了邻居。

邻居犁地的时候,他的犁撞到了什么东西。邻居停下来一看,是一个大罐子,罐子里装满了金子。他立马丢下犁和牛,跑向土地的主人。

"上天保佑!我在你的土地上发现了一大罐

金子,快拿去吧!"

"不,兄弟,这不是我的金子。你付了租金,也耕了土地,土地里的一切东西都应该属于你。你找到的金子理所当然也是你的,你拿去吧!"

一场争论就这样爆发了。一个人坚持:"金子是你的。"另一个:"不,是你的。"他们让来让去,最后吵了起来,吵到了国王面前。

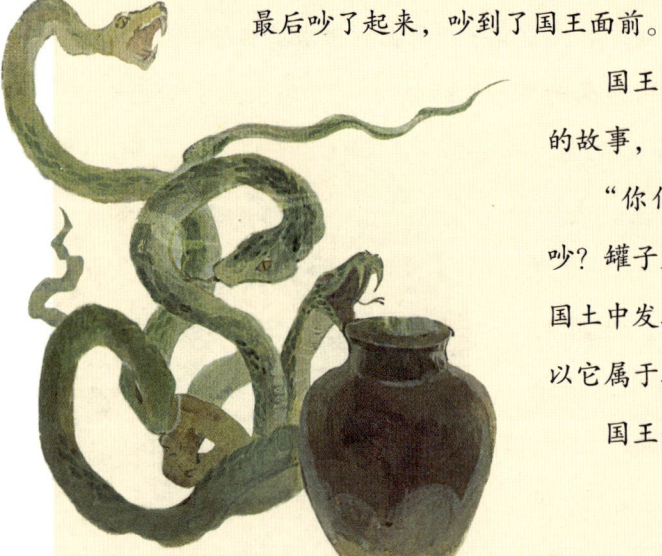

国王听完金罐的故事,开口道:

"你们为何争吵?罐子是在我的国土中发现的,所以它属于我。"

国王带着随从

急忙前往发现罐子的地方。他命人打开罐子，吓得直往后退，罐子里全都是蛇！

国王愤怒地回到宫殿，下令惩罚这两个胆敢欺骗他的放肆农民。

"不，不，国王陛下，"不幸的农民大喊着，"你冤枉我们了，罐子里只有金子，没有蛇！"国王又派遣使者去调查事情的真相。使者们去了一看，罐子里确实装满了金子。

"怎么回事！"国王十分惊讶，心想，"难道是我没看清楚，或者认错了罐子？"

于是国王又去了发现罐子的地方，他打开罐子一看，里面全都是蛇。

这简直是奇迹！

国王下令召集全国所有的智者。

"有两个农民在地里发现了一罐金子。我过去一看，罐子里只有蛇，而别人看到的都是金子。哪位智者能告诉我，究竟是为什么？"

"陛下，请不要为我们的话生气。问题出在这里——这个装满金子的罐子是上天对贫穷农民的诚实和辛劳的奖赏。他们发现的金子是自己辛勤劳作的报酬。而你去那里是想要抢走别人的财产，所以金子变成了毒蛇。"

国王感到十分窘迫，不知如何回答。

"好吧，"他想了想，"那这罐金子该归谁呢？"

"当然是土地的主人！"邻居喊道。

"不，应该归耕地的人！"土地的主人又说道。

"好吧，好吧，等等，"智者插嘴道，"你们都有孩子吗，是儿子还是女儿？"

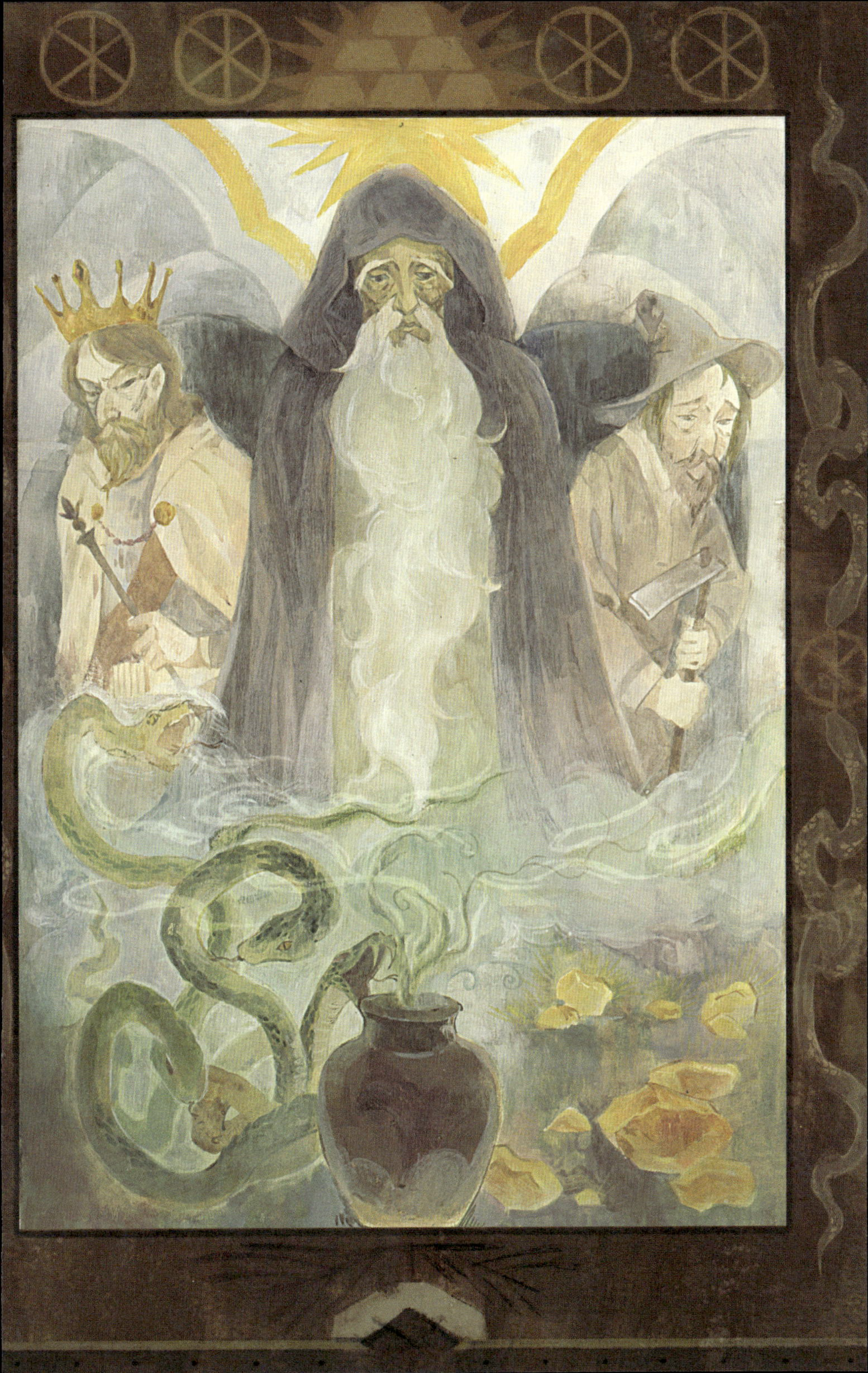

两个农民都有孩子，一个生的是儿子，另一个生的是女儿。

智者做出决定——让两个孩子结婚，然后将这罐金子送给孩子们。

两对父母都同意智者的主意，就这样，争吵结束了，婚礼开始了，皆大欢喜。这场婚礼持续了七天七夜。

黄金归新人，蛇归国王。

勇敢的纳扎尔

1

从前有一个穷人,名叫纳扎尔。纳扎尔是一个懒惰又一无所长的人。他非常胆小,就算是为了自己的性命,也不敢独自迈出一步。他整天跟在妻子的身后,妻子去哪儿他就去哪儿。所以人们叫他胆小的纳扎尔。

一天晚上,胆小的纳扎尔和妻子出门。月光澄澈,将周围照亮。看到此景,纳扎尔说:"老婆,这夜晚如此美好!我简直想去抢劫从印度斯坦到王城的商队,用他们的货品堆满我们家。"

而妻子说:"闭嘴吧你,老实坐着!就你这个胆子,还想抢劫商队!"

纳扎尔对妻子说:"你这个蠢女人,你为什么不让我去抢劫商队,把好东西装回家?我还是不是个男人?你竟敢跟我顶嘴!"

见他没有要停下来的意思,妻子走回家,然后反锁屋门:"你去抢劫商队吧,胆小鬼!"

纳扎尔站在屋外,害怕得像丢了魂儿。无论他怎么请求妻子,妻子都拒绝开门。

绝望的纳扎尔靠坐在墙边,发着抖挨到了天亮。

愁闷的纳扎尔躺在阳光下,等着妻子让他进门。时值盛夏,到处都是苍蝇,而纳扎尔懒得连鼻子都不想擦。纳扎尔的脸上渐渐落满了苍蝇。他终于受不了了,抬手拍了拍自己的脸。一巴掌拍下去,苍蝇也悉数掉落。

"哈,看看!"纳扎尔惊叹。

他想数数自己一下打死了多少只苍蝇,却没数清。在他看来,至少得有一千只死苍蝇。

"天哪!我都没想到我这么厉害……如果我一巴掌就能杀灭一千个生灵,我干吗还要待在这个没用的妇人旁边呢?"

纳扎尔起身去找村里的牧师。

"神父,请祝福我!"

"上帝保佑你,我的孩子。"

"……就是这样,神父。"纳扎尔告诉神父他的壮举,并说他应该离开妻子。他请求神父写下他的壮举,好让所有人都能看到并了解。

神父开玩笑般地在一块破布上写下:

"无敌英雄——勇敢的纳扎尔,

一击千灵灭!"

然后把这块布递给了纳扎尔。

纳扎尔将布挂在了长杆上,带上一把生了锈的破马刀,骑上邻居的驴离开了村庄。

2

离开村子后,纳扎尔胆怯地走在路上,自己也不知道路通向何方。

他走啊走,终于,他回头一看,自己已经离村子很远了。纳扎尔又害怕起来。为了给自己加油打气,纳扎尔开始小声哼哼、唱歌、自言自语、吆喝驴子。他越走越害怕,越害怕他就越大声地喊叫,然后驴子也跟着叫起来……鸟儿被吓得从树中飞出来,兔子从灌木丛中跑出来,青蛙也"扑通"跳进水里。

纳扎尔的叫喊声越来越大。当他走进森林时,他开始疑神疑鬼,仿佛每棵树下、每片灌木丛后、每块石头后面藏着不是野兽就是强盗。纳扎尔吓得开始鬼哭狼嚎,这声音谁听了都会觉得瘆人。

这时,一个农民牵着马漫不经心地穿过森林。他听到了纳扎尔的号啕,警觉了起来。

"天哪,"他说,"大难临头了!有强盗!"

说罢,农民丢下了马,冲进路边的灌木丛,跑得飞快。

勇敢的纳扎尔很走运,他号啕着走近一看,发现路中间站着一匹备好鞍的马。纳扎尔下了驴,骑上马继续赶路。

3

纳扎尔走啊走,只有他自己知道走了多远,终于,他走进了一个村子。纳扎尔从没来过这个村子,村子里的人也不认识他,他也不知道该往哪里去。他听到了唢呐的声音,循着乐声走去,纳扎尔走进了一场婚礼。

"你好!"

"欢迎,请上座!"

"请过来吧,尊贵的客人!"

纳扎尔带着他的旗帜坐到了贵宾席,面前摆着极其丰盛的菜肴和美酒。

客人们都很好奇这个奇怪的陌生人究竟是谁。坐在最边上的客人推了推旁边的宾客,问他是否知道纳扎尔的身份,这个宾客又问了另一边的客人,就这样,他们问了一圈,最后问到了坐在首席的神父。神父读出了纳扎尔旗帜上的句子。

"无敌英雄——勇敢的纳扎尔,

一击千灵灭!"

"啊,这就是勇敢的纳扎尔本人!"有个爱吹牛的人惊呼道,"他都变样子了!我一下都没认出来!"

人们开始谈论纳扎尔的功绩,吹嘘自己早就和他相识,聊起一起度过的往日时光。

"如此尊贵的人,怎么没有仆人跟随呢?"有人疑惑地问道。

"他的脾气如此,不喜欢和仆人一起出行。有一次我问他,他说:'全世界都为我服务,我还需要什么仆人。'"

"他为什么不佩一把像样的剑,而是带着一把破马刀?"

"因为他足够勇敢。带着一把好剑,谁都可以去战斗,而纳扎尔用一把生锈的破马刀就可以一次杀死一千个人。"

惊讶的客人们起身为勇敢的纳扎尔祝酒。一个有学识的人向纳扎尔敬祝酒词。

"我们一直久仰大名,渴望跟你见上一面,今天能见到你真是太荣幸了。"

纳扎尔叹了口气,摆了摆手。宾客们意味深长地交换了眼神,仿佛都明白这叹息的意义……

宾客中的游吟诗人立即作曲唱道:

欢迎光临,我们祝福你!
你像雄鹰,声名远扬,
你是这片土地的王者,你是无上的荣耀
无敌英雄——勇敢的纳扎尔
一击千灵灭!

你是病人的良医,你是弱者的依靠,
你消灭病痛,铲除邪恶,
你是对抗邪恶暴徒的救世主。
让我们为你献上,
旗帜、马刀和马匹,
马的鬃毛、尾巴和智慧。

婚礼结束后,喝醉的客人们到处散播纳扎尔的事迹。
"无敌英雄——勇敢的纳扎尔,
一击千灵灭!"
人们谈论纳扎尔非凡的功绩,描述他坚毅的长相,甚至开始用他的名字给孩子取名。

4

勇敢的纳扎尔离开了村庄,继续赶路。他走到了一片绿草地。他让马在这里吃草,然后把旗帜插在草地上,自己躺在旗帜下睡着了。

草地的附近有座山,山顶上有一座城堡。城堡里住着七个身材异常高大的兄弟,他们是七个强盗头子。而纳扎尔所躺的草地正是他们的地盘。七兄弟从城堡往下看,发现有人躺在他们的地盘上。他们很惊讶,心想这个人究竟是有几颗脑袋,竟敢在他们的土地上安然睡觉,还让自己的马在这里吃草!

他们拿着千斤重的棍棒下山,准备去收拾这个胆大妄为的人。他们来到草地上,看到一匹马在吃草,一个人躺在地上睡觉,头旁边竖着一面旗帜,上面写着:

"无敌英雄——勇敢的纳扎尔,

一击千灵灭!"

"天哪,这就是勇敢的纳扎尔!"兄弟们咬着手指,僵在原地。要知道,婚宴上喝醉的宾客们到处散播了纳扎尔的事迹,而这也传到了强盗兄弟们的耳中。于是他们愣在那里,不知所措,等待勇敢的纳扎尔醒来。

勇敢的纳扎尔醒来,揉了揉眼睛,发现面前是七个可怕的巨人,每个人的肩上都扛着一根千斤重的棍棒,瞬间吓得魂儿都飞了。勇敢的纳扎尔躲在旗帜后面,身体抖得像风中的树叶。七兄弟见他脸色发白,身体战栗,认为勇敢的纳扎尔是生气了,要一举杀了他们,立马跪倒在地,喊道:

"无敌英雄——勇敢的纳扎尔,

一击千灵灭!"

"我们听说过很多关于你的事情,一直很想跟你见上一面,非常荣幸你来到我们这里,我们七兄弟从今以后就是

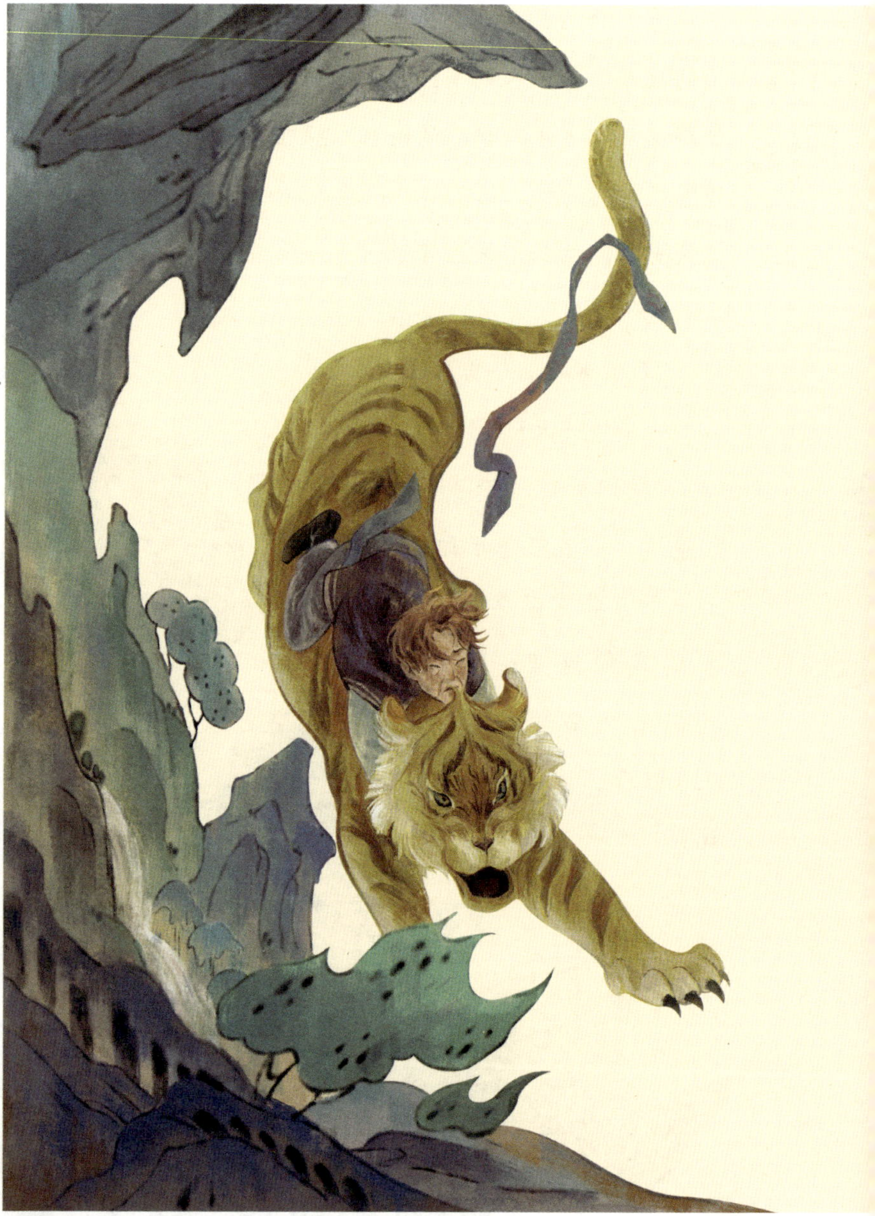

你忠实的仆人。我们的城堡就在那边的山顶上，我们美丽的妹妹就住在那里。请你赏脸去我们那里做客。"

纳扎尔吸了一口气，平静下来，骑上了马。兄弟们接过他的旗帜，走在前面，恭敬地护送客人来到他们的城堡。在城堡里，纳扎尔享受到了国王般的待遇，兄弟们对他的英勇事迹赞不绝口，以至于美丽的妹妹都爱上了他。就这样，人们对纳扎尔的赞誉和尊重越来越多。

5

这时，当地出现了一只猛虎。所有人都感到前所未有的惊恐。谁敢跟老虎战斗，谁又能杀死老虎呢？只有勇敢的纳扎尔！所有人的目光都转向了他——天神般的勇者纳扎尔！

听到有老虎，纳扎尔吓坏了，拔腿就跑，准备回家躲起来。而人们断定他是要冲上去与老虎搏斗。七兄弟的妹妹拉住他："等一下，我的英雄，你没拿武器，拿上件武器再去吧！"然后妹妹为他披上了战甲，好让纳扎尔为他的荣耀再添一笔。纳扎尔全副武装,随便朝着一个方向跑去。他跑进了一片森林,爬上一棵树躲了起来,认为这样就遇不到老虎。他紧紧抓住一根树枝,吓得半死不活,心脏狂跳不止。好巧不巧,老虎走到这棵树下并躺了下来。一看到老虎,纳扎尔的血液都凝固了,他眼前一黑,手脚发软,"砰"的一下——他从树上直接掉到了老虎身上。老虎吓得跳了起来,纳扎尔害怕地贴在老虎的背上。就这样,狂暴的野兽背着失去理智的纳扎尔飞速冲过高山、峡谷、岩石和陡坡。人们看到如此景象,都惊叹不已,认为勇敢的纳扎尔在驯服老虎。

"来呀,看看我们勇敢的纳扎尔!他骑老虎就像骑马一样!兄弟们,跟上他!让我们一起去打败这头野兽!"

最后,人们勇敢起来,大喊着从四面八方冲了过去——有人拿着刀,有人拿着剑,有人拿着猎枪或棍棒——一起杀死了老虎。

当纳扎尔恢复神志,又开始巧舌如簧:"可惜了,为什么要把老虎打死呢?我好不容易驯服了它,我还想让它做我的坐骑呢!"

消息传到了城堡里,男女老少都出来迎接纳扎尔。人们为他写了这首赞歌:

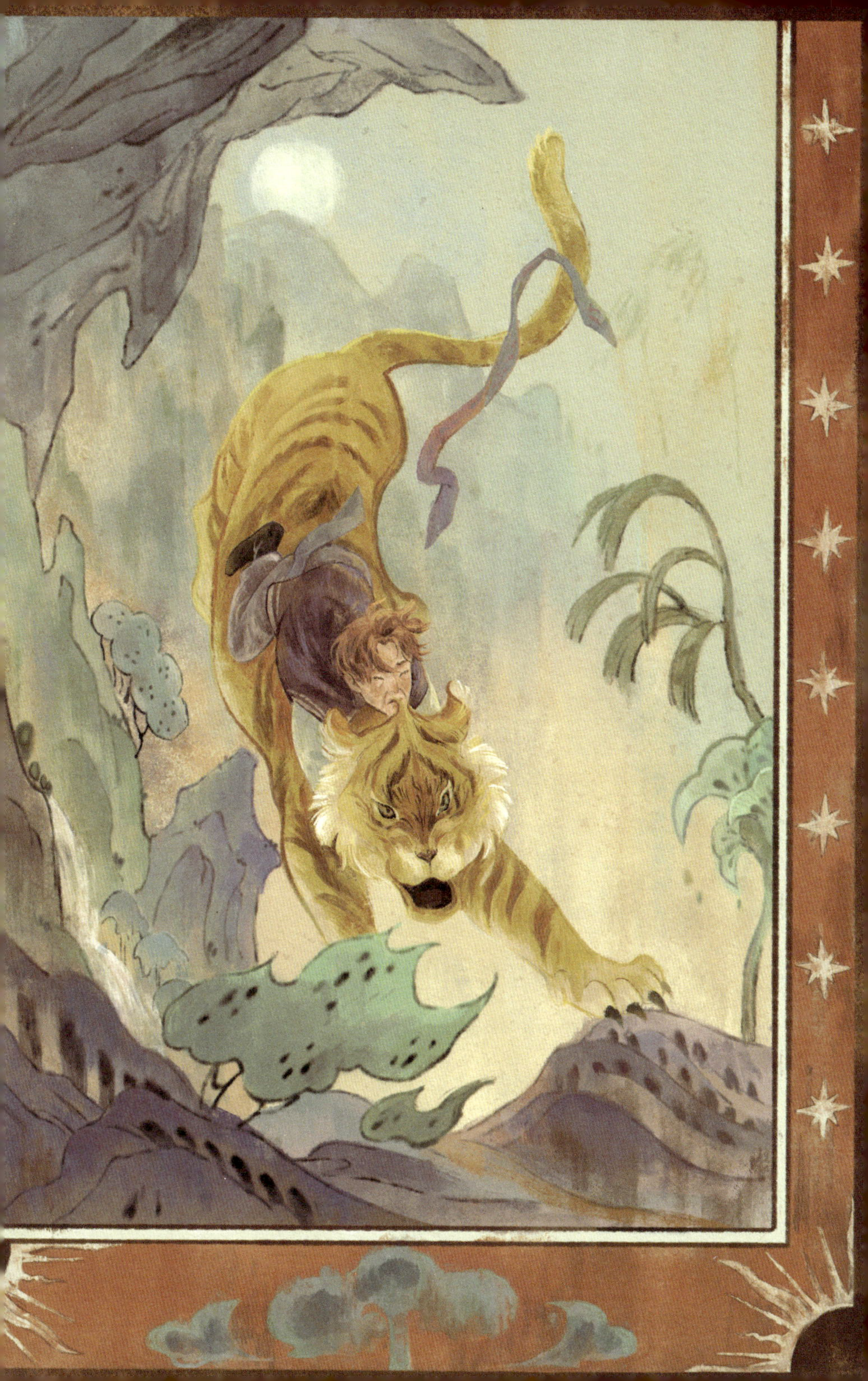

在大地之上,
在人类之中,
还有谁能和他比肩?
啊,勇敢的纳扎尔!

雄鹰起飞,
惊雷滚滚,
要塞燃起烽火。
啊,勇敢的纳扎尔!

以虎做马,
飞骑驰骋,
烟雾蒸腾。
啊,勇敢的纳扎尔!

拯救我们,
拯救苍生,
将所有的荣誉和礼物献给你,
啊,勇敢的纳扎尔!

纳扎尔迎娶了七兄弟美丽的妹妹。婚礼举办了七天七夜,人们为新婚夫妇唱起了赞歌:

月亮爬上山头,
月亮与谁相似?
月亮爬上山头,
正似英俊的纳扎尔。

太阳灿烂升起,
太阳与谁相似?
太阳灿烂升起,
正似美丽的王后。

我们的王如太阳般闪耀,
鲜红黎明的光芒。
他比所有的国王都俊美,
披着耀眼王袍,
身系腰带,
脚踩靴子。
我们的王后就像鲜花,
王后迎接黎明,

太阳照耀国王。

向光明的纳扎尔问候,
向温柔的王后问候。
向所有人表达爱与友善,
欢喜整个世界。

这时,邻国的国王向强盗的妹妹求婚,得知她已经嫁人,便集结大军,前往七兄弟的城堡。

七兄弟冲到勇敢的妹夫面前,向他讲述了战事。他们躬身行礼,站在纳扎尔面前等候命令。

纳扎尔一听到战争,害怕得腿发抖。他起身准备以最快的速度逃回家乡。而人们以为纳扎尔是想立刻进攻敌营,便挡住他的去路,劝他:"你要孤身去哪里?连剑和盔甲都不佩带,你就不为自己的性命考虑吗?"

大家把所有的盔甲都给纳扎尔带来了。同时,妻子要求兄弟们看紧纳扎尔,不要让他一个人冲过去面对敌人。整个国家和军队都知道勇敢的纳扎尔本打算单枪匹马、手无寸铁地冲进战场击杀敌人,敌国的军队也通过侦察兵得知了纳扎尔的事迹。而现在,还有七个巨人与勇敢的纳扎尔并肩战斗。

在战场上，人们让纳扎尔骑上一匹黑马。整个军队拥向他的身后，高呼："勇敢的纳扎尔万岁！让敌人去死吧！"

纳扎尔身下是一匹机灵的马。它察觉到背上的骑手很是蹩脚，便嘶鸣一声，咬紧马衔，全速冲入敌人的队列。军队以为是勇敢的纳扎尔亲自驾马冲锋，便带着胜利的呐喊猛追了上去。纳扎尔见自己控制不住战马，马上就要飞离马鞍，就顺手抓住一根巨大的树枝，想要挂在树上。但树已经腐烂了，这根巨大的树枝竟然就折断了，留在了纳扎尔的手中。敌人本就听说过纳扎尔的威名，已经心里在打鼓，再亲眼看到刚刚发生的事情，顿时失去了理智。敌军立马转身，四散溃逃："救命啊！勇敢的纳扎尔向我们冲来了，他连根拔起了大树！"

那天，敌人被消灭了很多，那些还活着的人将他们的武器放在勇敢的纳扎尔脚下，并宣誓效忠于他。

勇敢的纳扎尔从可怕的战场返回了七兄弟的城堡。人们为他竖起一座凯旋门，无比热烈地迎接他，为他高呼万岁，为他谱曲颂歌，向他致意……总之，面对这样的荣誉，纳扎尔完全不知所措了。

在这场伟大的胜利之后，纳扎尔被人们拥立为国王。成为国王后，纳扎尔向每位内兄赐予了职位，他感到世界就在自己手中。

据说，勇敢的纳扎尔至今仍然统治着他的王国。当谈到勇气、智慧和才华时，纳扎尔笑着说："什么勇气！什么智慧！什么才华！都是空谈！关键在于运气，如果运气好，你就享清福吧！"

基科斯之死

从前有一对贫困的夫妻,他们有三个女儿。

有一天,父亲在干活的时候口渴了,就派大女儿去取水。大女儿提着水罐向泉边走去。泉的上方有一棵高高的树。大女儿看着那棵树,陷入思考。

"将来我会结婚,然后生一个儿子,起名叫基科斯。基科斯会爬上这棵树,从树上掉下来,头撞到石头上死掉……

"啊!亲爱的基科斯啊!"

大女儿坐在树下痛哭了起来。

"我会结婚,然后生一个儿子。

"他叫基科斯,他的帽子尖尖。

"他会爬上这棵树,从树上掉下来。

"啊!亲爱的基科斯!

"啊!亲爱的儿子……"

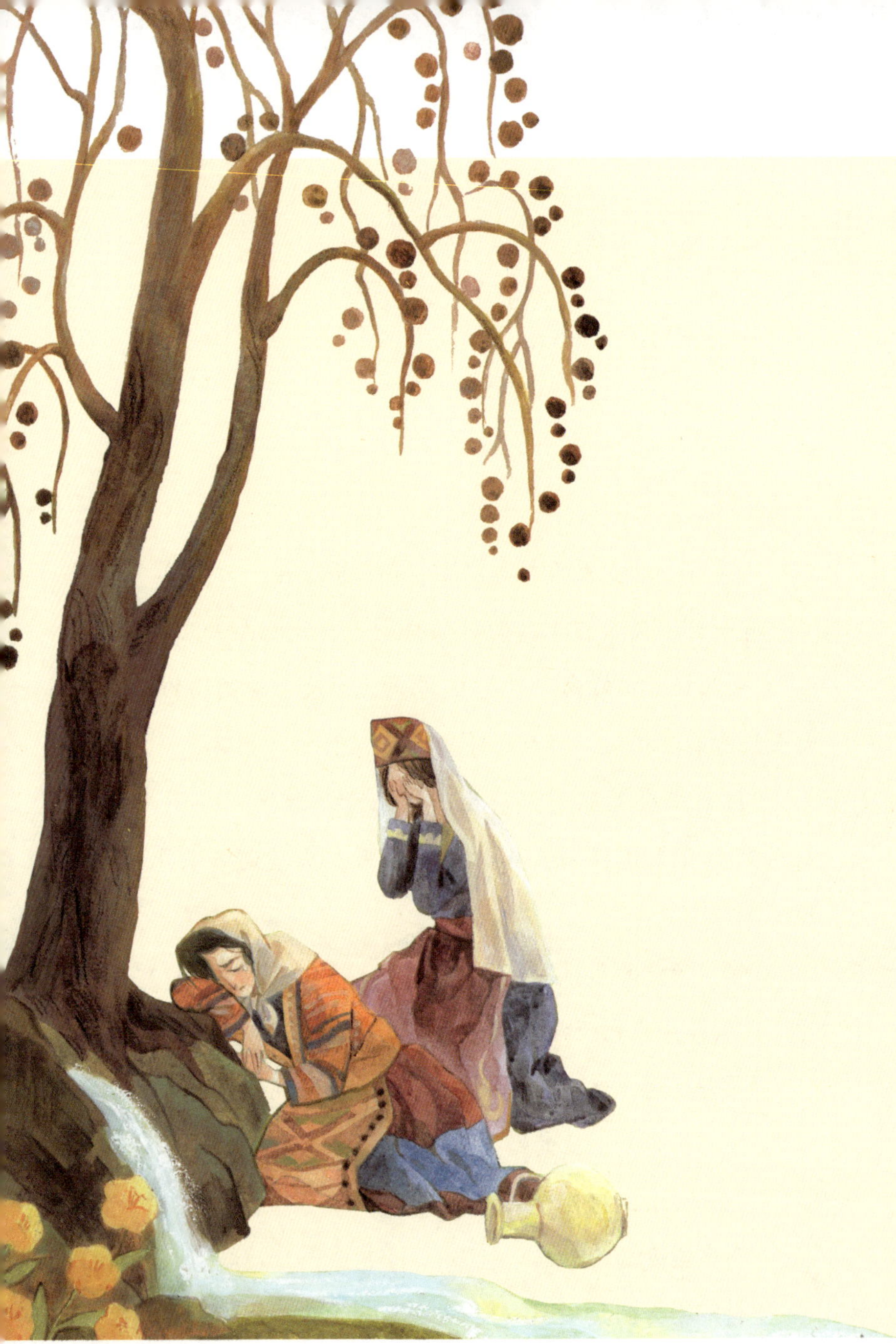

母亲等啊等,没有等到大女儿回来,就派了二女儿去找。

"快去看看你姐姐为什么还不回来。"

二女儿便离开了。

大女儿远远地看到妹妹过来,更大声地喊。

"过来,不幸的姨妈,看看你的基科斯出了什么事!"

"什么基科斯?"

"你不知道吗?

"我会结婚,生一个儿子。

"他叫基科斯,有栗色的头发。

"他会爬上这棵树,从树上掉下来。

"啊!亲爱的基科斯!

"啊!亲爱的儿子……"

"啊!亲爱的基科斯啊……"二女儿也哭了。她坐在姐姐旁边,两姐妹一起痛哭。

母亲等啊等，没有等到两个女儿回来，就派小女儿去找。

"快去看看你的姐姐们怎么了。"

小女儿也离开了。她走过去一看，两个姐姐坐在泉边，泪流满面。

"你们怎么哭了？"

大女儿说："你不知道吗？

"我会结婚，生一个儿子。

"他叫基科斯，有栗色的头发。

"他会爬上这棵树，从树上掉下来。

"啊！亲爱的基科斯！

"啊！亲爱的儿子……"

"啊！姨妈的不幸啊！亲爱的基科斯！"小女儿抓扯着头发，坐到她的姐姐们身边开始大哭。

母亲等啊等，可是一个女儿都没有回来。母亲便自己出发寻找女儿。

远远地看到母亲走来，三个女儿一起号哭。

"过来，过来，不幸的外祖母，看看你的外孙出了什么事！"

"什么外孙，女儿们，发生什么事了？"

大女儿说："你不知道吗，妈妈？

"我会结婚，生一个儿子。

"他叫基科斯，有栗色的头发。

"他会爬上这棵树，从树上掉下来。

"啊！亲爱的基科斯！

"啊！亲爱的儿子……"

"亲爱的基科斯，还不如让你的外祖母瞎了吧！"母亲拍着大腿，和女儿们一起哭泣。

父亲发现妻子也没有回来。

"我去吧,"他说,"我亲自去看看她们都怎么了。"父亲也出发了。

妻子和女儿远远地看见他,哭得更大声了。

"快来,不幸的外祖父,看看你的基科斯出了什么事!你的不幸的基科斯……"

"什么基科斯?"父亲疑惑道。

大女儿说:"你不知道吗,父亲?

"我会结婚,生一个儿子。

"他叫基科斯,有栗色的头发。

"他会爬上这棵树,从树上掉下来。

"啊!亲爱的基科斯!

"啊!亲爱的儿子……"

"啊,亲爱的基科斯啊!"妻子和女儿们拍着大腿痛哭。

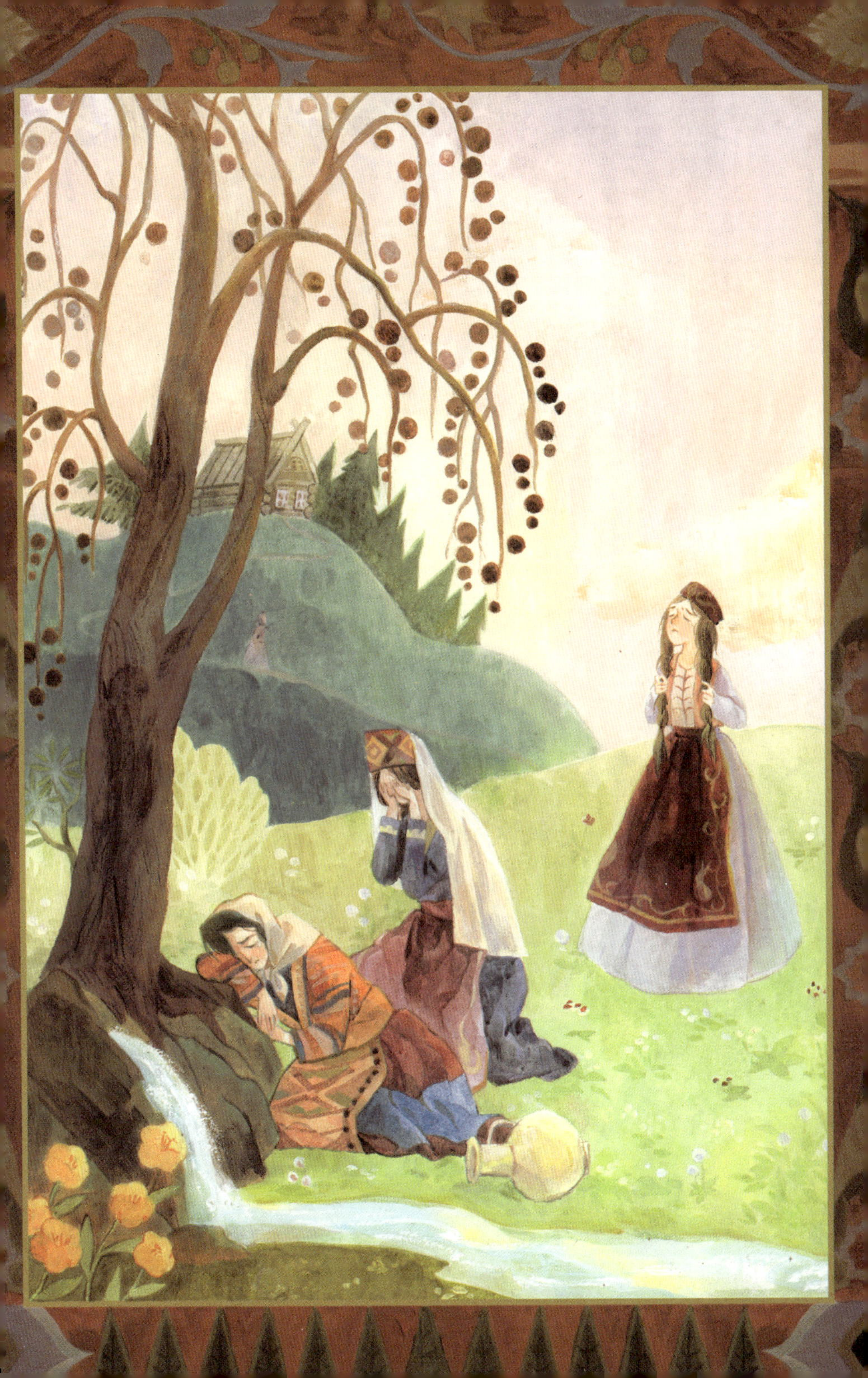

父亲比女人们聪明些。

"唉,傻瓜们!"他说,"你们坐在这里哭有什么用?无论你们怎么哭,基科斯都回不来了。起来回家吧,我们去通知邻居,举行追悼会纪念这个孩子。悲伤的眼泪无济于事。这就是生活,有来就有去。"

他们所有的财产不过是一头牛和一袋面粉。他们宰了牛,烤了面包,叫上邻居们举行了一场追悼会,然后就平静下来了。

天堂花

很久很久以前,在我们的国家中生活着一位商人。这位商人有一个女儿,名叫小花。小花人如其名,像鲜花一样温柔,可爱又迷人。

商人非常宠爱小花。有一天,商人准备出远门,他问女儿:"你想要我带回什么礼物吗?"

"我想要一朵天堂花。"

"好的,我一定会带回来。"父亲承诺小花。

商人走遍了许多国家,做了很多生意,当他把所有的事情忙完准备回家时,他开始寻找天堂花。商人到处打听,

可是没有人知道这是什么花,它又长在哪里。最终商人碰到了一位长者,长者给他指了路:

"沿着这条路走你就能找到花。但一定要小心那个看守天堂花的白恶魔。"

天下父母心啊!商人沿着长者指的路走着,不知道走了多远,终于见到了天堂花。商人刚刚摘下花,天地间突然卷起了风暴,然后出现了一个怪物。

似人非人似兽非兽的怪物咆哮着。

"你怎么敢摘我的花?你要为此付出生命的代价!你要为此付出生命的代价!"怪物的声音从四面八方响起。

商人吓得丢了魂,跪倒在地。

"我请求您,强大的神灵,我只是想实现女儿的愿望……"

"我可以放你一马,但我有一个条件,你要把你的女儿交给我。"

"我同意。"

"你同意的话我就放过你,你回家吧!但当你家前面的山变白时,就意味着我要来带走你的女儿了!"

原来,这个怪物不是别人,正是白恶魔。

就这样,商人回到了

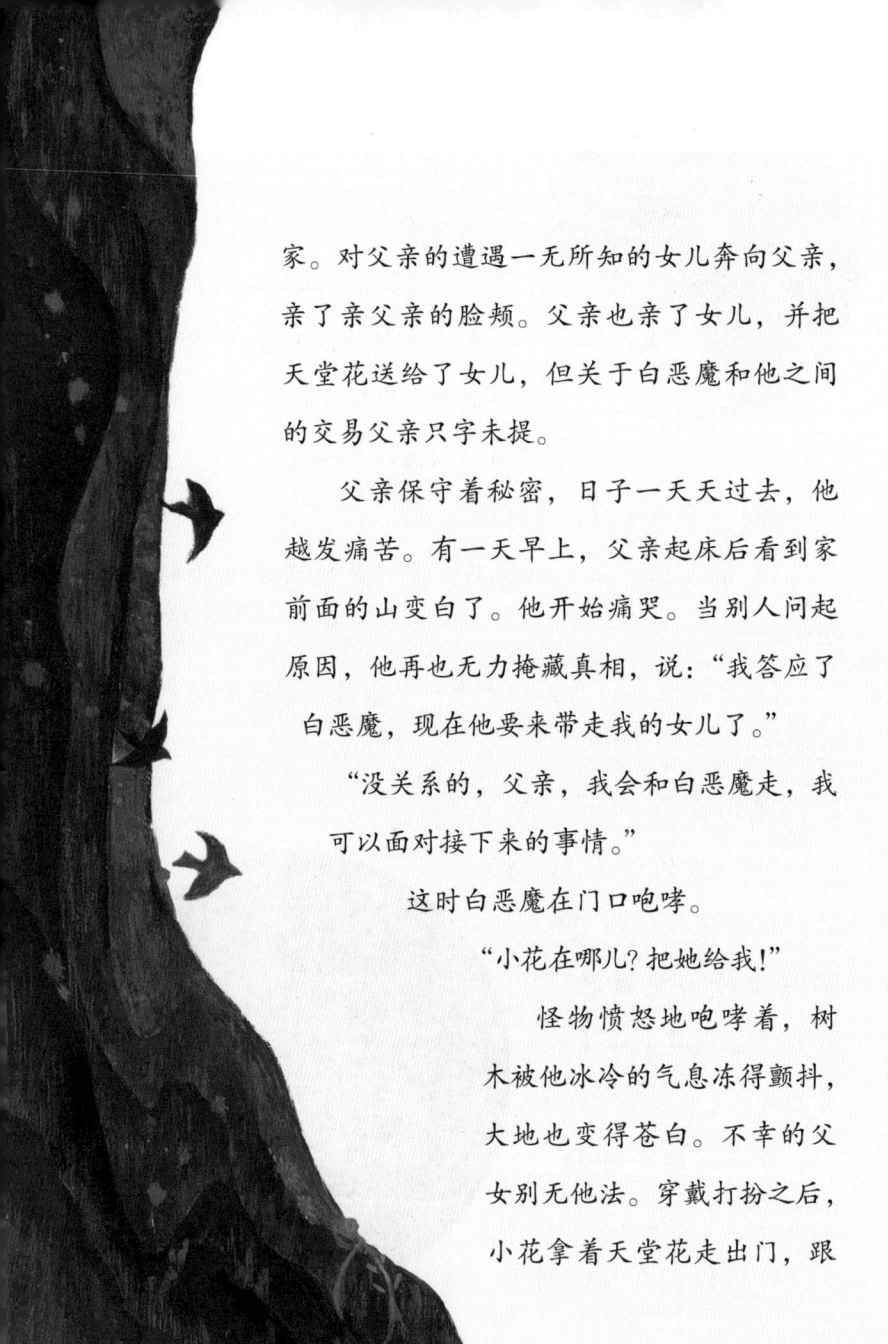

家。对父亲的遭遇一无所知的女儿奔向父亲，亲了亲父亲的脸颊。父亲也亲了女儿，并把天堂花送给了女儿，但关于白恶魔和他之间的交易父亲只字未提。

父亲保守着秘密，日子一天天过去，他越发痛苦。有一天早上，父亲起床后看到家前面的山变白了。他开始痛哭。当别人问起原因，他再也无力掩藏真相，说："我答应了白恶魔，现在他要来带走我的女儿了。"

"没关系的，父亲，我会和白恶魔走，我可以面对接下来的事情。"

这时白恶魔在门口咆哮。

"小花在哪儿？把她给我！"

怪物愤怒地咆哮着，树木被他冰冷的气息冻得颤抖，大地也变得苍白。不幸的父女别无他法。穿戴打扮之后，小花拿着天堂花走出门，跟白恶魔离开了。随着一声狂暴贪婪的怒吼，白恶魔一把抓住少女，乘风而去。他将女孩投入了马西斯山下的深渊。

白恶魔的冰宫矗立在马西斯山下无底的深渊中，那里任何人都无法进入，永远阴暗严酷。白恶魔从他的宫殿出来，给大地带来寒冷和恐惧，并掠走地上的一切生灵。

白恶魔将小花锁在他的水晶宫中。

日子一天天过去，春天来到了。有一天，白恶魔离开了宫殿，小花趁机逃跑。白恶魔回来后发现小花不见了，他怒不可遏，聚集了所有可怕的力量，唤起暴风雨，发出蛇一般的嘶声，追逐小花。小花已经逃到了阿拉加茨山脚下，她回头一看，发现白恶魔正冲向她。"神明啊，救救我吧！"走投无路的小花害怕地尖叫求救。在命运的安排下，一扇大门突然在她面前出现。她冲过大门进入了阿拉加茨山的中心。大门在白恶魔面前"砰"的一声关上了。

白恶魔愤怒得无以复加,他用巨大的翅膀拍打着阿拉加茨的山峰并咆哮着。

"小花在哪儿?把她给我!"

让我们不管白魔鬼,先来看看小花这里发生了什么。

小花一踏入大门,眼前便展开一片世外桃源般的景色,无数声音吟诵着:

"在翡翠宫的金棺中,

"躺着被邪恶的力量所迷惑的阿林,

"他非生非死,被囚禁在梦中,

"而世界被乌云笼罩。

"他躺在那里,被睡眠的咒语束缚,

"直到幸福的时光来临,

"美丽的女子带着灿烂的爱,

"含泪俯身亲吻他。"

小花继续走着,突然间耳边又传来一首欢快的歌:

"她来了,眼中含着喜悦,

"我们的女王,山谷的百合。

"勇敢的阿林·阿尔马内林,

"他将离开冰冷的棺材。

"他的眼睛会睁开

"整个世界将在他们面前绽放,

"现在主人就要醒来,

"我们英勇的阿尔马内林,

"他的眼睛即将睁开,

"整个世界都会重新绽放。

"恶魔邪恶的巫术,

"马上就会溃散。

"春日的芬芳,

"即将回归大地……"

果然，小花看到花园中有一座翡翠宫，宫中有金棺，棺内躺着一位美丽的年轻人。年轻人像是睡着了，又像是死了，他的呼吸微不可闻。女孩忍不住泪流满面，弯下腰去亲吻年轻人。眼泪落在年轻人的脸上，他睁开了眼睛，然后站了起来，像一棵来自天堂的梧桐树。

这个年轻人就是阿林·阿尔马内林。

"你是谁，美丽的姑娘？"年轻人问，"你是怎么来到这里的？"

小花向他讲述了她不幸的遭遇，她是如何被白恶魔囚禁，又是如何被追捕的。

"我听到了，我听到了他可怕的声音，"阿林·阿尔马内林说，"几个月前我也被他困住了，陷入了沉睡。他年复一年地对我施咒，让我这样不生不死，直到困住我的咒语被打破。你打破了咒语。现在我要去和他战斗。"

说到做到，年轻人抓起一把闪电剑，踏步而出。两股敌对力量相遇，大战一触即发。在他们的鏖战中，天地变得混沌。白恶魔在乌云中咆哮，阿林·阿尔马内林的闪电剑伴随着怒吼和噼啪声闪闪发光，大地颤动。最后，疲惫不堪的白恶魔被打败了，他嗞嗞地哭泣和呻吟，再次退回到他可怕的地盘，进入马西斯山下阴暗的深渊，把自己关到冰冷的水晶宫中。美丽的胜者重新统治了世界。

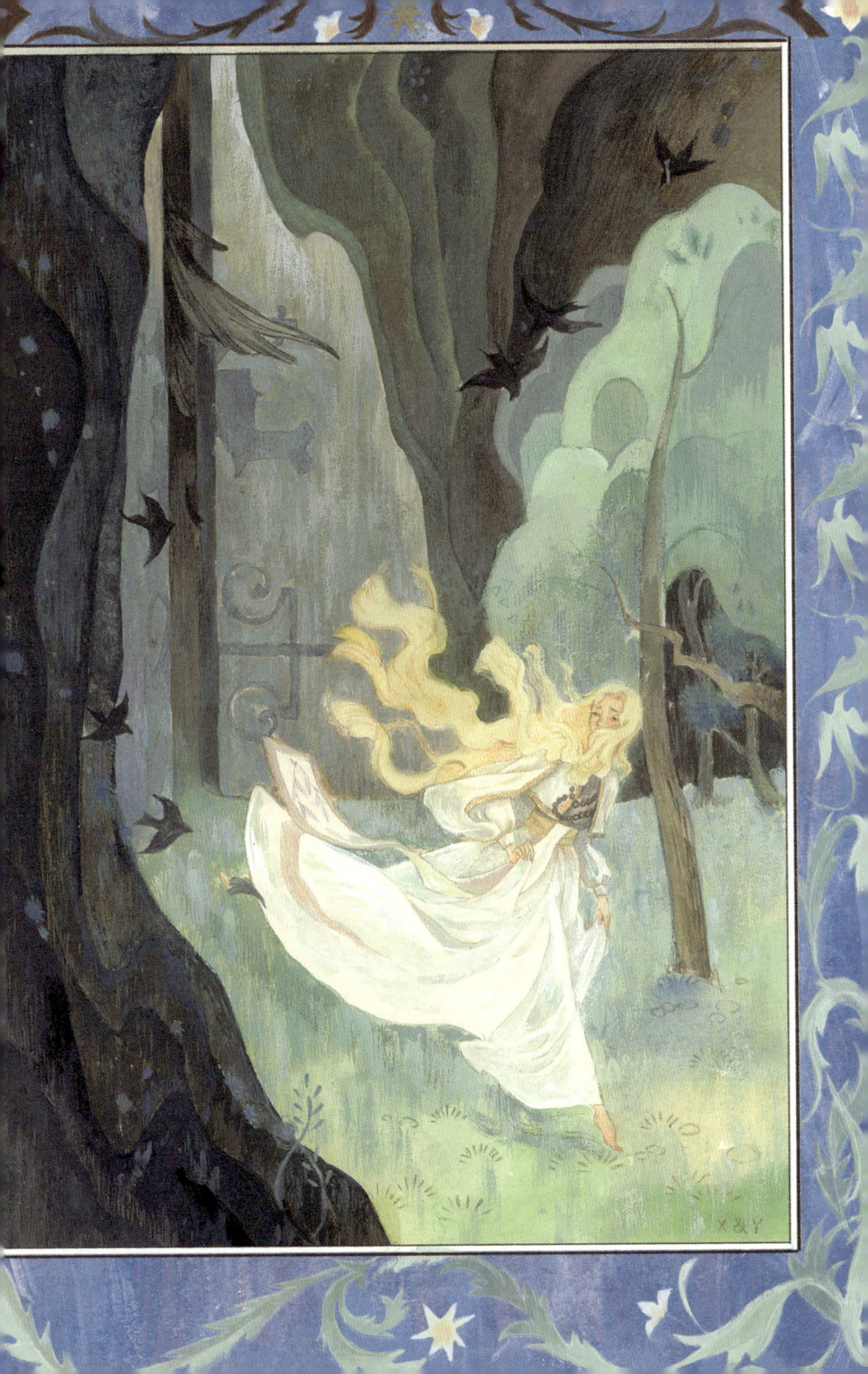
X&Y

之后阿拉加茨山谷举行了一场神圣的庆典，阿林·阿尔马内林和小花结婚了。大自然慷慨地为他们献上了礼物，万物复苏，鲜花绽放，从蚂蚁到老鹰，大地上所有的生物一齐歌唱，天空中架着一道灿烂的彩虹。而最重要的是，在这个春日，天空中升起了一个光芒耀眼的太阳。

这个故事年复一年地重演，因为每年白恶魔都会诅咒阿林·阿尔马内林，并绑架美丽的小花。

说谎的猎人

在我父亲受洗那天,在我母亲出生那天,我们五六个人——阿季、乌季、查季、马季、父亲和我一起去打猎。

我们翻过高山,穿过低谷。如果碰到野兽,我们就静悄悄地行进;要是碰到可怕的生物,我们就伏身前行。

我们就这样走着,走着,不知走了多远。突然间,我们发现了三泊湖,其中两泊湖已经干涸,第三泊也没有水了。在第三泊湖里,有三只白鸭游来游去,嘎嘎叫着。其中两只鸭子已经腐烂,第三只也失去了生命。

"来吧,阿季,去打鸭子!"

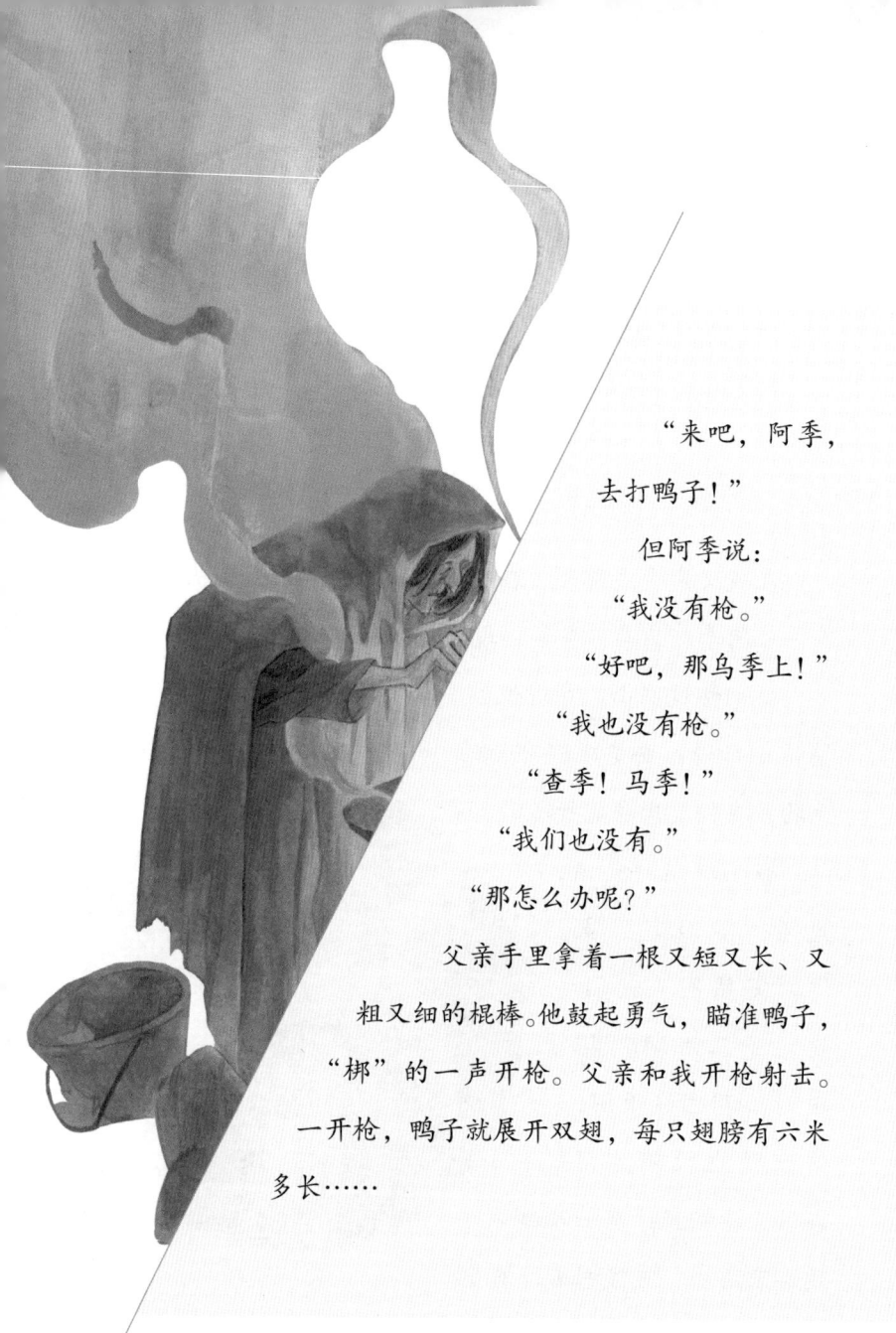

但阿季说:

"我没有枪。"

"好吧,那乌季上!"

"我也没有枪。"

"查季!马季!"

"我们也没有。"

"那怎么办呢?"

父亲手里拿着一根又短又长、又粗又细的棍棒。他鼓起勇气,瞄准鸭子,"梆"的一声开枪。父亲和我开枪射击。一开枪,鸭子就展开双翅,每只翅膀有六米多长……

"阿季,给我刀!"

但阿季说:

"我没有刀。"

"乌季,你有刀吗?"

"我也没有。"

"查季,马季,你们有吗?"

"我们也没有。"

"那怎么办呢?"

父亲有一把没有刃的刀,我们只得用这把无刃刀。

阿季去刺鸭子,但没有成功,乌季去刺,也失败了,查季做不到,马季也没有成功,父亲同样不能。我拿起那把刀子,一下就刺到了。

我把鸭子剥了皮,扔在地上。它根本不像只鸭子,更像是头水牛!阿季想把它捡起背在背上,但是他做不到。乌季想背起它,也没有成功。查季做不到,马季也不行,父亲同样不能。我使劲抬起了它,然后离开了那里。

我们走啊走,看到前面有三个村庄。其中两个村子空空荡荡,第三个村子里也没有一所房子……我们在第三个村庄里到处搜索,终于找到了一所房子。这所房子里有三个老妇人,其中两个已经死了,第三个也没有了呼吸……

"兄弟们,"我说,"我们用鸭子煮饭吧!"

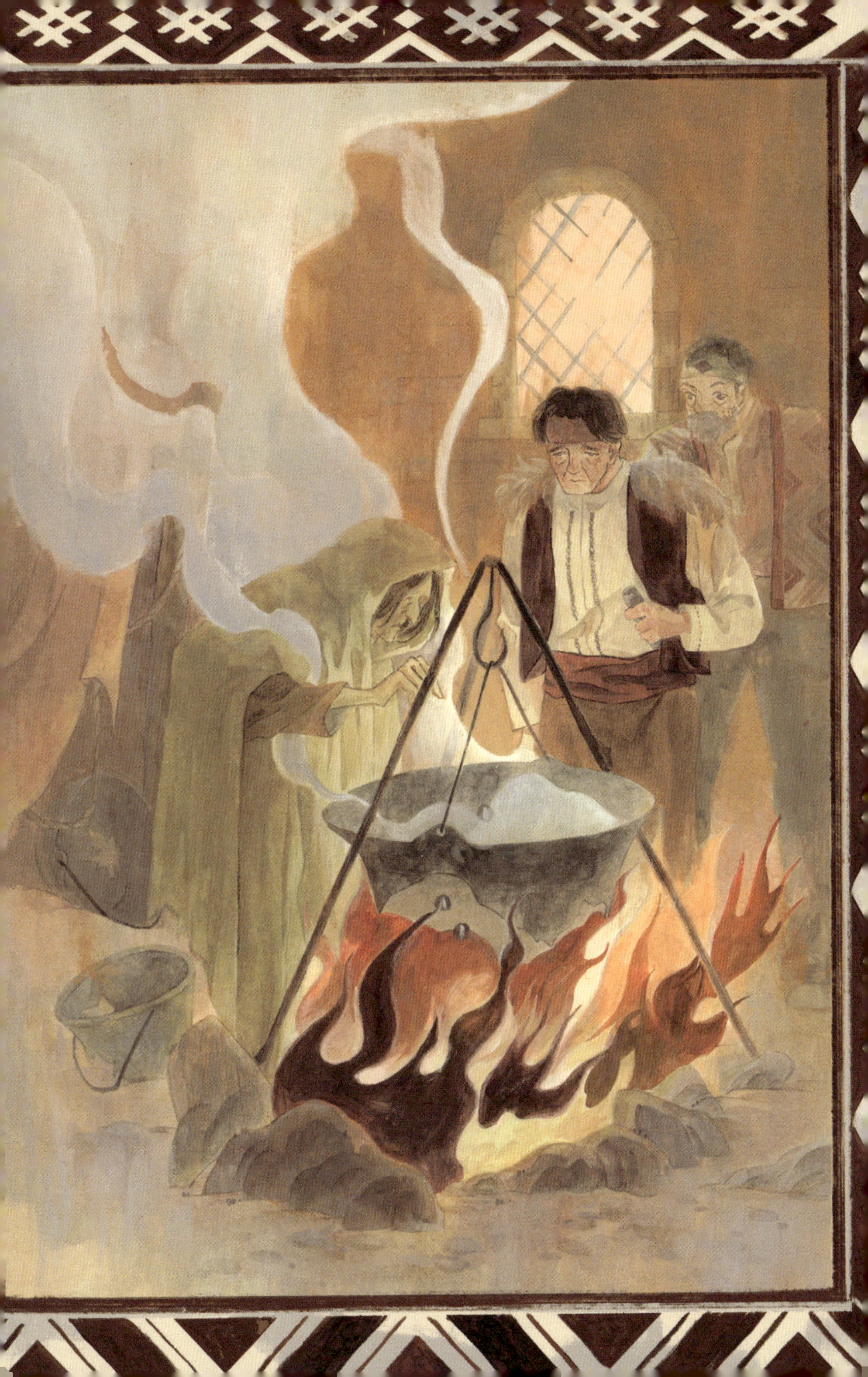

没有呼吸的老妇人东找找，西找找，不知从哪里找到了半粒米和三口锅，其中两口锅漏了洞，第三口甚至没有锅底。

我们把水倒进无底锅，又放入了鸭子和米饭，不用火煮饭。我们煮啊煮，煮到鸭肉和米都不见了，只剩下水。

猎人们饥肠辘辘，扑向了饭菜。我们津津有味地吃着饭，只是眼睛看不到什么饭，嘴里空空如也……

狂欢节

从前,一个男人和他妻子住在一起。他们相看两厌。男人骂妻子傻,妻子骂男人蠢,他们总是吵个不停。

有一天,男人从市场买了些油和米,雇搬运工驮回了家。

妻子十分生气。

"你啊你,管你叫傻子你还生气,我们哪里需要这么多油和米?是要给父母办丧宴还是给儿子办婚礼?"

"你在瞎说什么丧宴,什么婚礼啊!油和米是为狂欢节准备的。"

妻子没再说话,把油和米收了起来。

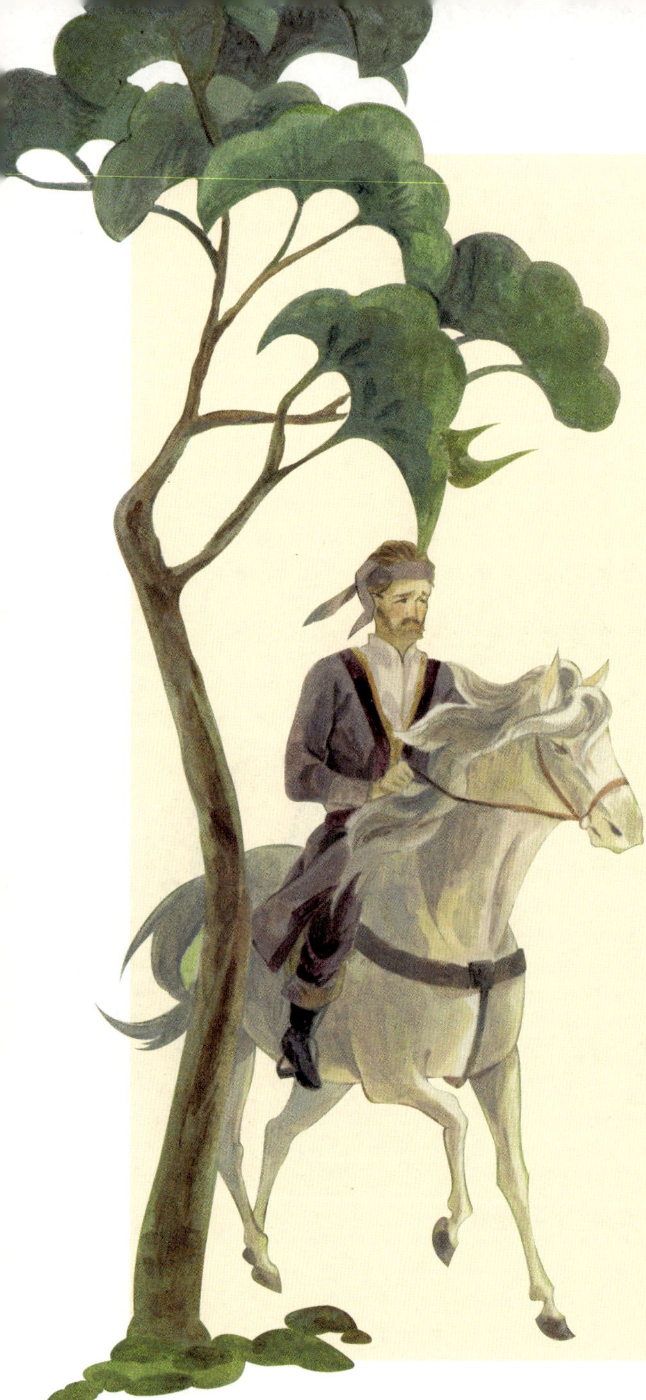

过了一段时间，妻子等啊等，也没有等到"狂欢节"。有一天，她坐在门口，看到有人匆匆走在街上。

太阳很大，妻子用手遮着眼睛，喊道：

"兄弟，兄弟，等一下！"

路人停了下来。

"兄弟，你是不是'狂欢节'？"

路人见她没待在屋里，心想道："让我撒个谎，看看会发生什么。"

"是的，大姐，我是'狂欢节'，怎么了？"

"我们不是受雇来看着你的油和米的，你的东西在这儿放得还不够久吗？你不害臊吗？你为什么不把这些东西拿走？"

"大姐别生气了。我来过好几次了，怎么也找不到您家。"

"好吧，那你把东西拿走吧！"

路人走进屋，拿起了油和米。然后他转身背对着房子，面朝村子，消失得无影无踪。

男人回家后，妻子说：

"你说的'狂欢节'来过了，我把东西都给他了。"

"你说什么'狂欢节',什么东西?"

"我说的是油和米。我看到有人在找我们家,我叫住他,按照你说的把东西交给他,他就走了。"

"你就是个傻子,现在油和米都没了!……他往哪个方向走了?"

"那边。"

男人跳上马背,去追"狂欢节"。

路人转身一看,发现有人骑马追自己。他立刻意识到这人一定是傻女人的丈夫。

男人追上了路人,向他打听。

"你好,兄弟!"

"你好!"

"你碰见过什么人吗?"

"碰见过。"

"他肩上扛了什么吗?"

"扛了油和米。"

"没错,那就是我要找的人。你什么时候碰到他的?"

"有一会儿了。"

"如果我去追他,追得上吗?"

"怎么追得上呢?你骑马,他走路。你的马走四步,一—二—三—四,他走两步,一—二,一—二,就到家了!"

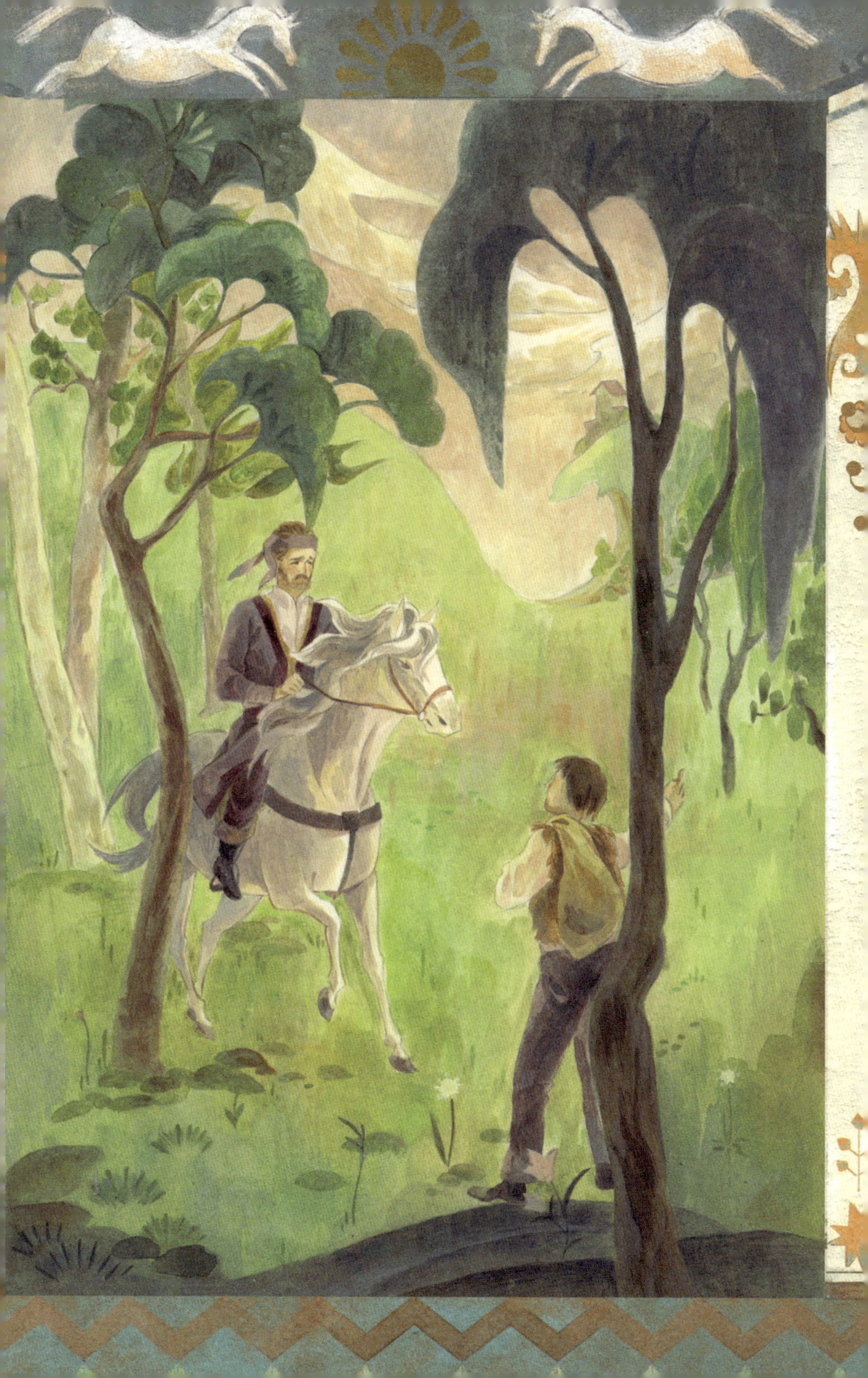

"那我现在该怎么办呢?"

"如果你愿意的话,可以把马放在我这儿,你自己跑步去追,没准还能追上。"

"说得对,马就拜托你了。"

愚蠢的男人跳下马背,把马交给路人,自己向前跑去。"狂欢节"将油和米放到马背上,换了条路,骑马离开了。

丈夫跑啊跑啊,也没找到人。他回头一看,路人和马都不见了。男人回到家,又和妻子开始了新的争吵,男人为了油和米吵架,妻子为了马。

他们一直吵到了现在,男人骂妻子傻,妻子骂男人蠢,而"狂欢节"边听边笑。

不幸的帕诺斯

从前,有一个名叫帕诺斯的穷人。帕诺斯是一个善良的人,但无论他做什么都会失败,所以人们叫他不幸的帕诺斯。他的全部财产不过是两头牛、一辆牛车和一把斧头。

有一天,他套上牛,拿着斧头去森林里伐木。在森林里,帕诺斯开始思考:

"如果我把树砍断,我还要受累再把树搬到牛车上。还不如把车套好放在树下,树一砍下来,就直接倒在车上。"

帕诺斯行动起来。

他把车放在一棵高大的树下,自己站到另一旁砍树。他忙活了不知多久,终于,树"嘎吱"一声倒下,砸坏了牛车,也压死了两头牛。帕诺斯吓了一跳。没有办法,他只得捡起斧头,挠着后脑勺,无精打采地走回家。

回家路上,帕诺斯路过一个池塘,看见野鸭在水里扑腾。他自言自语:"真见鬼,不如就在这里试试运气,说不准我能杀只鸭子,给我妻子带回去。"说罢,他挥着胳膊,将斧头朝鸭群扔去。但是鸭子咯咯叫着飞开了,斧头也沉到了水底。

帕诺斯站在池塘边思考该如何是好。他脱下衣服,把衣服留在岸上,然后下水去摸斧头。他越走越远,水也越来越深。"再接着走的话,也许会被淹死。"帕诺斯决定上岸。

当帕诺斯在水中寻找斧头时,有个路人看到他留在岸边的衣服,却没注意到芦苇后衣服的主人,便把衣服捡走了。

帕诺斯从水里钻出来，但衣服已经不见了。可怜的家伙赤身裸体，站在岸边想："天哪，我现在该去哪里？"他决定等到天黑再离开这里。太阳落山了，帕诺斯出发回家。马上就要进村了，他又开始想："我这样光着身子回家，家人会怎么说我？我应该先去找兄弟要件衣服，再去见妻子。"

帕诺斯又去找他的兄弟。

正巧那晚帕诺斯的兄弟举办了一个聚会。帕诺斯在聚会气氛最热烈的时候来到了兄弟的住处。他刚刚打开门，一位客人以为是狗要进门，就向他扔了一根啃过的骨头，正中帕诺斯的眼睛。

可怜的帕诺斯痛得又叫又跳，狗也从四面八方扑向他。伴着狗吠，客人们看到有个人赤身裸体地逃跑，一群狗在后面紧追。客人们短暂地思考了下，都认为那是个妖魔鬼怪。

伴随着很长一段时间的嘈杂声、哀号声、狗吠声和笑声，帕诺斯跑进了密林，他的腿被咬了好几口。不幸的帕诺斯赤身裸体，眼睛瞎了，腿也瘸了，拼命逃跑……

第二天，村子里传出帕诺斯失踪的消息——他去森林里伐木，再也没有回来。村民们开始寻找。很快，大家在森林里发现了一辆砸坏了的车和两头压死的牛，帕诺斯却不见踪影。

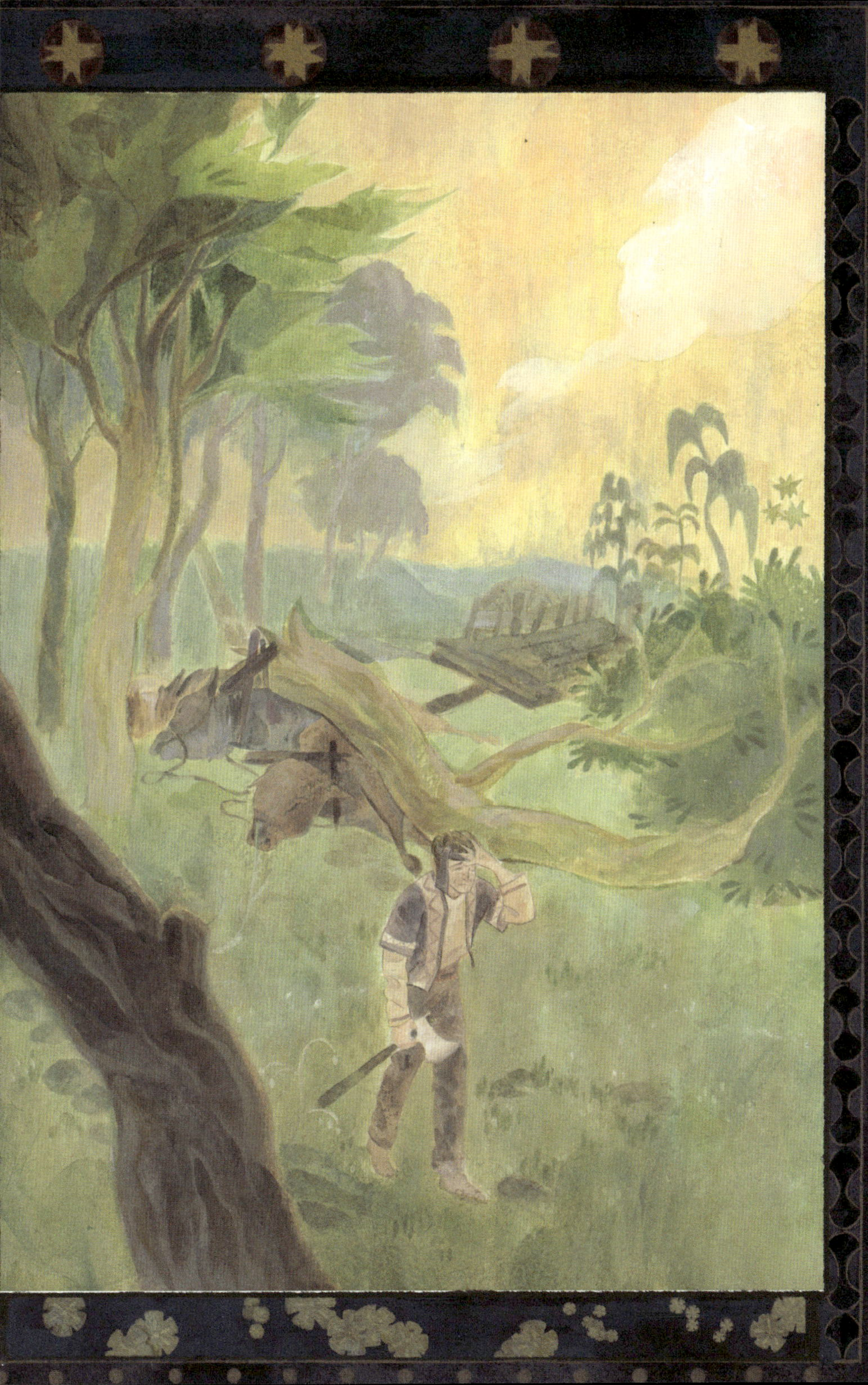

村民们到处打听，最后发现一个农民穿着帕诺斯的衣服。

"兄弟，你这身衣服是怎么来的？"

"我在池塘边看到并捡回来的。"

村民们又到池塘边搜寻。

"帕诺斯！帕诺斯！"

他们没有找到帕诺斯，便以为他投河自尽了。

大家祭奠了帕诺斯并为他安排了丧宴。帕诺斯的妻子哭了一会儿，伤心了几天，嫁给了另一个人。

地主和工人

愿上天保佑你和你的兄弟们!

从前有两个贫穷的兄弟。他们想了又想,思考该如何赚钱养家。最终,他们决定,弟弟留在家里,哥哥到富人那里打工,然后把赚到的钱寄回家里。

随后,一个富人雇用了哥哥。他们商量好工作到春天,当第一只布谷鸟开始鸣叫,工作就结束。但富人开出了一个前所未闻的条件:

"如果你在工作结束前生气了,那你就得付给我一千块钱;如果我生气了,我就付给你一千块钱。"

"可是我没有一千块钱可以给你呀！"贫穷的哥哥说。

"没关系，那你就给我无偿工作十年，"富人说。

哥哥先是被这样奇怪的条件吓到了，但转念一想："能出什么事儿呢？他想做什么就做什么，我不生气就是了，如果他生气，就让他按照约定付钱。"

"好吧，"哥哥说，"我同意。"

他们达成一致，贫穷的哥哥开始打工。

第二天一大早，富人就叫醒了工人，让他去地里干活。

"去吧，"富人说，"趁着天亮去割草吧，天黑了再回来。"

工人割了一整天的草，晚上疲惫地回来休息。

"你怎么回来了?"富人问。

"太阳落山了,我就回来了。"

"不行!我跟你说过天亮的时候要干活。虽然太阳落山了,它的兄弟月亮不是升起来了吗?天也一样亮呢……"

"怎么会有这样的事情?"工人惊讶道。

"嗯,你已经生气了?"富人问。

"不,我没有生气……我只是说我累了……我稍微休息一下……"小伙子害怕地嘟囔道,再次慢慢走向了田地。

他一直割啊割,割到月亮下山。但月亮刚下山,太阳又升起来了。筋疲力尽的工人累倒了。

"诅咒你的田地、食物和薪水!"工人绝望地骂道。

"喂,你生气了吗?"田地里传来富人的声音,"如果你生气了,就遵守约定。以后可别说我不按规章办事。"

根据他们之间的协议,工人要么被迫支付一千块钱，要么无偿给富人打十年工。

工人发现自己置身于两难的境地当中，他既没有一千块可以付给富人，也不想给他白干十年，为这样的雇主工作十年简直无法想象。

他想了又想，最后给了雇主一张一千块钱的欠条。然后他垂头丧气、两手空空地回了家。

"出什么事儿了？"弟弟问。

哥哥把发生的事情详细地告诉了弟弟。

"没关系！"弟弟说，"不要担心了，现在你留在家里，换我出去打工。"

弟弟整装出发，去找之前哥哥的雇主。

富人再次定下期限，在第一只布谷鸟鸣叫前，如果弟弟生气，就得付给雇主一千块钱，或者无偿打十年工；如果雇主生气，就得付给工人一千块钱，然后放他离开。

"不，我不同意，"弟弟反对道，"如果你生气了，你就付给我两千块钱；如果我生气了，我就付给你两千块钱，或者给你白干二十年。"

"好啊！"富人得意地笑了。

他们达成一致，弟弟开始为富人工作。

第二天，太阳已经挂得高高的了，但工人连起床的念头都没有。

雇主不时进进出出,但工人动都不动一下。

"起来吧,小子,都快中午了!"

"嗯,你生气了吗?"工人抬头问。

"不,我没有生气,"雇主害怕地回答,"我只是说,我们该去田里了。"

"好,那我们走吧,没什么可着急的。"

终于,工人起身开始穿草鞋。

雇主进进出出,而工人还在磨磨蹭蹭地穿草鞋。

"你给我快点,小子!"

"嗯,你好像生气了?"

"不,我没生气,我只是想说,你工作迟到了……"

"这是另一回事,但协议是一定要遵守的。"

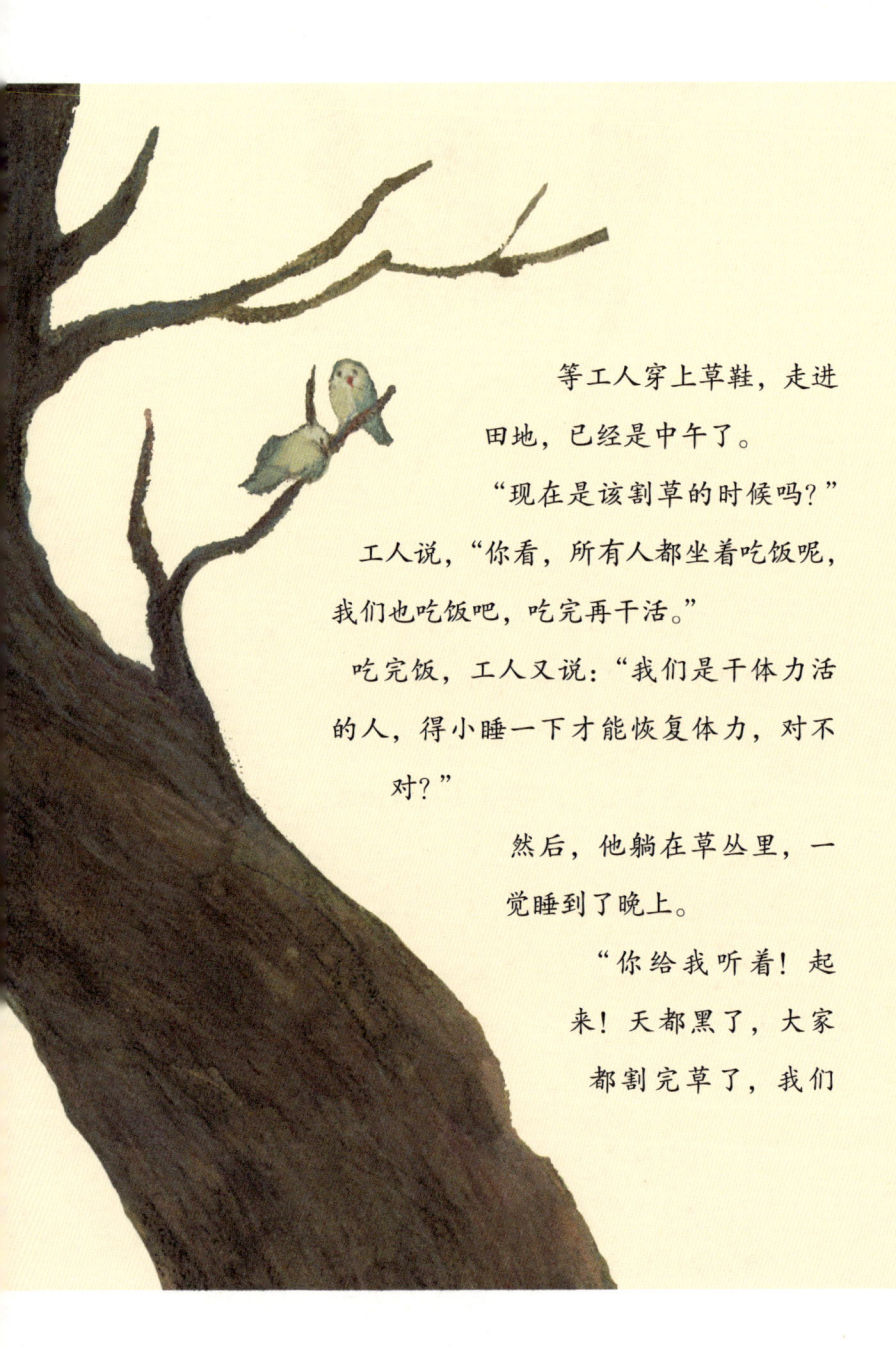

等工人穿上草鞋，走进田地，已经是中午了。

"现在是该割草的时候吗？"

工人说："你看，所有人都坐着吃饭呢，我们也吃饭吧，吃完再干活。"

吃完饭，工人又说："我们是干体力活的人，得小睡一下才能恢复体力，对不对？"

然后，他躺在草丛里，一觉睡到了晚上。

"你给我听着！起来！天都黑了，大家都割完草了，我们的地还一点儿都没动……谁让你来我这儿的,我要拧断他的脖子!我诅咒你吃面包卡嗓子!诅咒你的工作!我真不幸!"富人大怒。

"嗯,你生气了吗?"工人抬头问。

"不,我没有。我只想告诉你天已经黑了,我们该回家了。"

"好的,那就没事儿了,我们走吧!但一定记住约定,生气的人要赔钱!"

他们回到家,家里来了客人。雇主派工人去宰羊。

"宰哪一只?"

"你抓到哪只就宰哪只。"

听罢,工人去羊圈捉羊。很快就有人来叫富人:"快点过来,你的工人把你的羊都宰了!"

富人跑到羊圈一看,所有的羊都被弟弟杀死了。富人抱头大吼:

"我诅咒你的房子塌下来!你都做了什么啊!你彻底毁了我!"

"是你自己说的,抓到哪只羊就宰哪只,每只羊

都跑到我的手边,所以我把它们都宰了,"工人平静地回答,"可你看起来好像生气了?"

"不,我没生气。我只是很可惜,白白死了这么多羊。"

"好吧,如果你没生气,我就继续给你干活。"

富人开始考虑如何摆脱工人。根据他们的约定,这份工作要持续到第一只布谷鸟鸣叫,而冬天刚刚开始,离春天布谷鸟鸣叫还有很久。

富人想啊想,想出了一个主意。他把妻子带到森林里,让她藏在树上学布谷鸟叫。然后他回去叫工人去森林里打猎。当他们走进森林时,富人的妻子开始学布谷鸟叫:

"布谷,布谷……"

"哇!祝贺你,"雇主说,"布谷鸟飞来了,我们的工作契约结束了。"

工人立刻意识到这是怎么回事。

"没有,"工人说,"哪里有人能在冬天听到布谷鸟的叫。我们应该把这只布谷鸟射下来,它是什么布谷鸟呢?"

说完,工人举起猎枪瞄准了目标。

雇主大叫着扑向他:"看在老天的分上,别开枪!诅咒

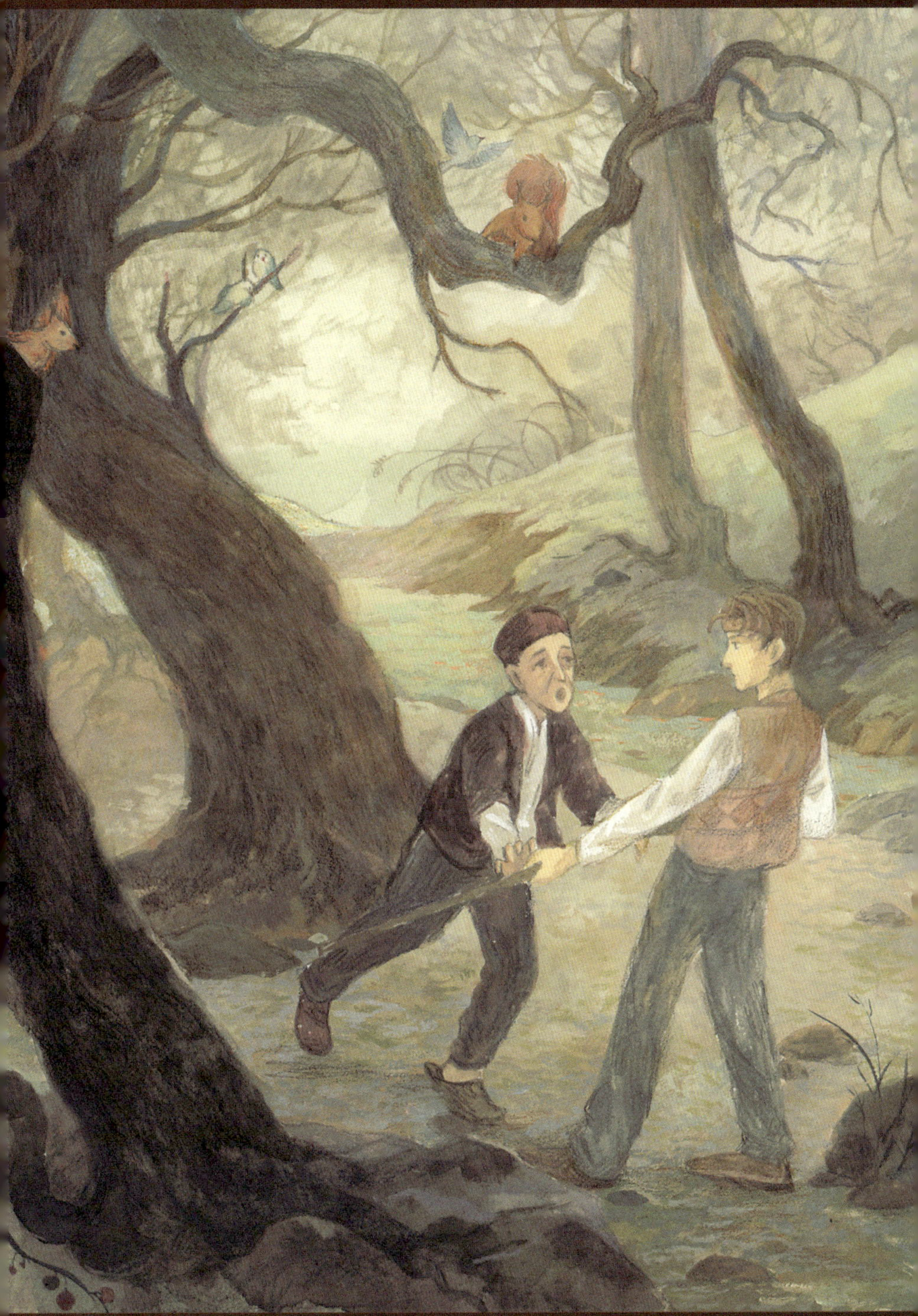

我们相遇的那一天!我真是惹火上身!"

"怎么,你生气了?"

"没错,兄弟,我们闹得够多了。我给你钱,你快走吧!我提出的条件,我认栽。现在我才算明白了那句老话:'给别人挖坑的人,自己也会掉进坑里。'"

富人受到了教育,而弟弟撕掉了哥哥的欠条,又带着一千块钱回家去了。

旅 伴

有一天,一只公鸡爬上屋顶,想看看世界。它努力伸长脖子,却什么也看不到,前面有座山挡住了它的视线。

"小狗兄弟,你知不知道山后面的世界是什么样子?"公鸡站在屋顶上向院子里趴着的狗提问。

"不,我不知道。"小狗回答道。

"我们还要这样生活多久?走吧,让我们去看看这个世界。"

狗同意了。

做好决定,它

们就离开了院子。

它们走啊走,傍晚时走到了森林,并准备在森林里过夜。狗躺到了灌木丛下,公鸡则飞上了树。

天亮了,公鸡按照以往的习惯打鸣。

狐狸听到了公鸡的打鸣声。

"哇,哪里来的公鸡,让我把它捉来当早餐。"狐狸循着声音去找公鸡。

"早上好,亲爱的小公鸡。你来这里做什么?"

"我想看看这个世界。"公鸡回答。

"哦,你的想法可真棒!"狐狸说,"我一直想找个好朋友做旅伴,能碰到你真是太高兴了。我们一起去旅行吧!你快下来,我们别出发得太晚。"

"好呀,"公鸡回答,"但是我得先问问我的朋友,如果它同意,那我就下去,然后我们一起出发。"

"你的朋友在哪儿?"

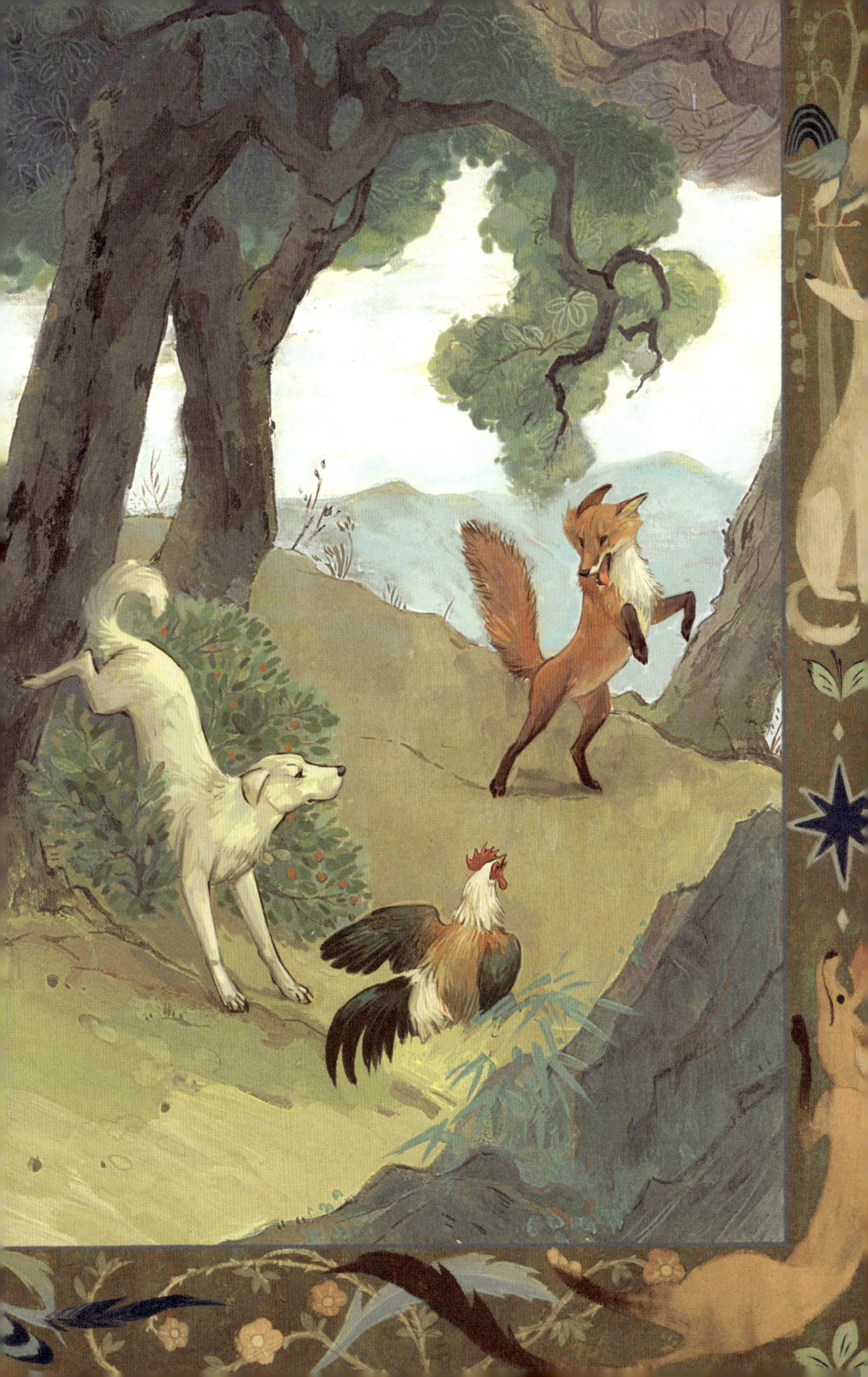

"那里，在灌木丛下。"

"它还有个朋友，说不准也是只公鸡。我的早餐和午餐就都有了。"狐狸高兴地想着，跑向灌木丛。

突然，一只狗蹿了出来，狐狸吓了一跳，惊慌地跑了。

"狐狸姐姐，你去哪儿呀？别着急，我们这就去找你。我们不是朋友吗？"公鸡在树上叫道。

会说话的鱼

从前有一个穷人。穷人找到渔夫,给他当帮工。他每天能挣到几条鱼,然后带回家,他和妻子就靠这些鱼生活。

有一次,渔夫捉到了一条漂亮的鱼。他叫帮工把鱼收起来,自己又回到水里。工人坐在岸边,看着这条漂亮的鱼,心想:"上天哪,鱼也是有生命的,它和我们一样,也有父母和朋友。它也能感知世界,感受喜悦和悲伤……"

突然,鱼张口说话了:

"请听听我的心声,人类兄弟!我和姐妹们在河里玩耍。我玩得太忘我了，一不小心落进了渔网。现在我父母应该在找我，在痛哭，姐妹们也会很难过。我自己也很痛苦，离开水我没法呼吸。我想回到河里，在凉爽清澈的水流里生活和玩耍。我好想回去，好想……可怜可怜我吧，把我放到水里吧！"

小鱼艰难地张开干燥的嘴，用几乎不可闻的声音说话。

工人怜惜小鱼，把它扔回了河里。

"走吧，漂亮的小鱼，别让你的父母再哭泣了，也别让你的姐妹们再难过了。走吧，和它们一起快乐地生活吧！"

渔夫对工人非常生气："你这个蠢货，我辛苦泡在水里，好不容易捉到了鱼，你却把它放了！你被开除了，别让我再看到你！我诅咒你被饿死！"

渔夫拿过工人的渔网，把他赶走了。

"我现在该去哪里？我该怎么办？我又靠什么生活？"

之后，满腹心事、两手空空的穷人准备回家。

穷人伤心地徘徊在回家的路上，遇到了一个人形的怪物，怪物正赶着头漂亮的母牛。

"你好啊，兄弟！你为何如此伤心？你又在顾虑什么？"

穷人向怪物讲述了自己不幸的遭遇，告诉它现在自己没有工作，没有吃食，也不知该如何面对妻子。

"听着，朋友，"怪物说，"我把这头牛借给你三年。它每天产的奶就够你和你妻子过活的了。但三年后的晚上我会去找你,向你提问。如果你回答得出来,就可以留着奶牛;回答不出来的话,你和牛都得跟我走,并且你得任我处置。你同意吗?"

"比起饿死,"穷人想,"还不如带走这头牛,它能养活我们三年。说不准我们能过得幸福,三年后还能回答出问题。"

"我同意!"穷人牵着母牛回了家。

三年来,母牛产的奶养活了穷人和他的妻子。不经意间,三年的时光飞逝,怪物马上就要在夜晚来临。

黄昏时分,夫妻俩郁闷地坐在门口,思

考该如何回答怪物的问题。但谁又知道怪物会问什么呢!

"这就是和怪物做交易的下场!"夫妻二人叹气道,十分后悔。

但事到如今,也没有后悔药。与此同时,可怕的夜晚已经降临。

突然,一个陌生的长相俊美的少年走向他们。

"晚上好!我行路至此,你们可以收留我在这儿过夜吗?"

"当然可以了,旅人兄弟,来者是客。但今晚跟我们待在一起非常危险。我们跟怪物约定,从它那里领来一头奶牛,奶牛养活了我们三年。按照怪物的要求,三年后它会来这里向我们提问。如果我们答得出来,牛就归我们了;如果答不出来,我们就得成为它的俘虏。今晚就是约定的日子,我们还不知道该怎么回答它的问题。如果怪物对我们做些什么,那也是我们活该,但可别连累了你。"

"没关系,我和你们同生共死。"旅人说。

半夜,响起了重重的敲门声。

"谁在那儿?"

"是我,怪物!你该回答我的问题了!"

夫妻二人立刻吓得僵住了。

"别怕,我来替你们回答!"年轻人宽慰道,并冲向门口。

"我等着呢!"门外传来怪物的声音。

"我来了!"

"你从哪里来?"

"从大海的另一边来！"

"你怎么来的？"

"骑着跛腿的跳蚤来的。"

"所以大海很小吗？"

"一点也不小，老鹰都飞不过去！"

"那老鹰还是只雏鸟吗？"

"当然不是。老鹰展开双翅，影子可以覆盖整座城市。"

"那城市很小吗？"

"不小，野兔都无法跑过这座城市。"

"那这只野兔一定很小。"

"根本不小，野兔的毛皮大到可以做出一件皮袄、一顶帽子和一副手套。"

"那这些衣物是给侏儒穿的吗？"

"当然不是，衣服是给身材高大的人穿的，如果把公鸡放在这个人的膝上，他都听不到鸡叫。"

"那这个人是个聋子吗？"

"不是，他甚至可以听到鹿在山上吃草的声音。"

怪物很窘迫，感到这间小屋里有种智慧的力量，勇敢而强大。它不知道该说什么好，便默默离开，消失在夜的黑暗中。

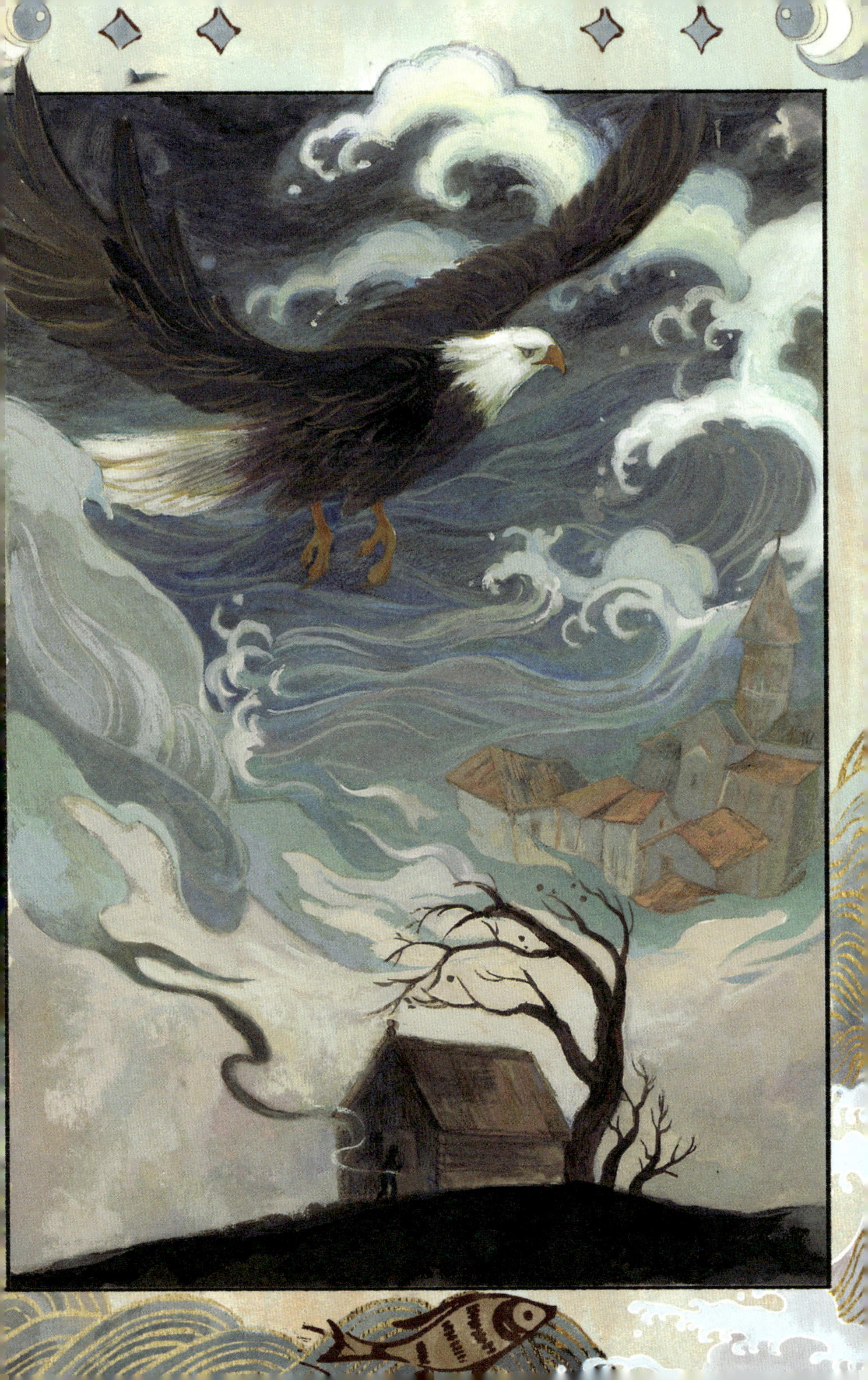

穷人和妻子摆脱了灾难,非常高兴,欢呼庆祝。很快天就亮了,年轻的客人向夫妻俩告别。

"别,别着急走!"夫妻俩挡住了年轻人的去路,"你救了我们,请告诉我们该如何报答你!"

"不用了,我该走了。"

"那至少告诉我们你的名字吧,如果我们报答不了你,那我们得知道该为谁祈祷。"

"好人有好报,我就是当年你救的那条会说话的鱼……"年轻人回答道。夫妻俩听了惊喜不已。

没有手臂的姑娘

从前,有一对兄妹。妹妹像光一样温柔又美丽,她的名字叫露西克,在亚美尼亚语里是光芒的意思。

哥哥结婚了,把妻子带进了家。

哥哥的妻子看到所有人都很喜欢露西克,内心的嫉妒日益增长,于是她开始诽谤露西克,每天都欺负她。

而哥哥十分疼爱妹妹,经常会给露西克带来鲜花、水果,或者什么新鲜的玩意儿。

露西克始终温柔、亲切地对待他人,受到所有人的喜爱。

嫂子嫉妒得难以自持，琢磨着怎样才能摆脱露西克。

她想呀想。有一天，趁着丈夫不在家，嫂子把所有的碗碟和陶具都打碎了，然后闷闷不乐地站在家门口等待丈夫回家。

嫂子远远地看到了丈夫，立刻开始哭诉："你看看啊，你妹妹都做了什么好事，她把整个家都毁了。"

"没关系，亲爱的老婆，用不着这么伤心。钱财是身外之物。她打碎了什么，我们再买新的就是了，但如果伤了露西克的心，就没办法弥补了。"

妻子见计划没有得逞，又策划了下一次栽赃。有一天，丈夫出门了，妻子把丈夫

最心爱的马从马厩里牵出来,赶到田野里。而她自己返回家中,爬上屋顶,抱着双臂等待丈夫回家。

"看看吧,"妻子对丈夫说,"你的露西克是什么样的人!她把你最爱的马赶走了,想败光我们的家……"

"没关系,"丈夫回答,"马没有了,我再去挣钱买一匹。但钱可买不到第二个妹妹。"

恶毒的嫂子见这次也没能得逞,更加生气了。

一天夜里,嫂子将摇篮里自己的亲生孩子刺死了,然后悄悄地将沾满血的刀子塞进熟睡的露西克的衣兜里。

过了一会儿,嫂子抓乱了自己的头发,用指甲划破了脸,疯狂地喊道:"啊,我的孩子死了!"

全家人都醒了,看到摇篮里的宝宝被刺死了,感到十分恐惧,不知道谁能干出这种事情。

"是谁?"嫂子大哭道,"今天除了我们,谁也没进过家里。让我们搜下身,谁的兜里有带血的刀,谁就是凶手。"

所有人都同意了,大家开始互相搜身。最后,在露西克的衣兜里找到了一把沾满鲜血的刀。

所有人都吓得呆住了。

"这就是你亲爱的妹妹!"恶毒的嫂子抓着自己的脸尖叫道,"啊,我的小宝贝!啊,我的孩子……"

一大早,可怕的消息传遍各处,愤怒的民众要求伸张正义。恶嫂子激动地要求惩罚露西克,美丽的露西克被带上了法庭。法庭上,露西克被判砍掉手臂,并被流放至遥远的森林中。

失去了手臂,露西克独自一人在荒芜的森林中徘徊。她徘徊了很久,她的衣裙被灌木和荆棘划破,露西克只能赤身裸体。蚊蝇也不断叮咬她,露西克却没法用手驱赶蚊虫,只能躲在树洞里。

有一天,一位王子来此地打猎。猎犬在森林里跑来跑去,最后围着露西克藏身的大树大声吠叫。

王子和他的侍从都以为猎犬嗅到了猎物,便放猎犬去攻击猎物。

"别伤害我,王子殿下,我不是野兽,我是人。"姑娘在树洞中说。

"如果你是人,就走出来。"

"不行,我没有衣服,羞于见人。"

王子跳下马,脱下斗篷,吩咐一个猎人把斗篷交给姑娘。露西克披上斗篷,走出树洞。露西克实在是太美丽了,人们看到她甚至会忘记吃喝。王子也被她的美貌迷住了。

"你是谁,美丽的姑娘?你在森林里干什么,又为何躲在树洞里?"

"我很不幸。我只有一个哥哥,而他也抛弃了我。"

"就算全世界都离开你,我也不会抛弃你的。"王子说。然后他和露西克一起去了王宫。

王子告诉国王和王后自己要娶露西克。

"如果你们不同意,我就不活了!"

"儿子,这个世界上有那么多女孩,"国王和王后劝说道,"你可以娶公主、大臣的女儿、使节的女儿、富有的女孩、漂亮的女孩……而这个没有手臂、没有衣服、无家可归的姑娘是谁?她有什么这么让你着迷的?"

"不,我就要她!"

王子的父母在绝望之下召集了智者,询问他们是否应该让王子娶一个没有手臂的姑娘。

智者们认为夫妻间的幸福在于内心。王子已经为这个姑娘倾心,那么他今后的幸福就依赖于这个姑娘了。显然,他们的结合是天意使然。

没有手臂的姑娘

国王和王后听了智者的建议，便同意了这门婚事。王子迎娶了露西克，他们的婚礼举行了七天七夜。

过了一阵，王子需要出趟远门。临行前，王子再三嘱咐，如果妻子分娩，一定要通知他。

几个月之后，露西克生下了一个拥有金色鬈发的可爱男孩。

国王和王后高兴极了。他们写了祝贺信，派信使给王子送去。

送信途中，信使在露西克的哥哥家过了一夜。晚上，在聊天时，信使给哥哥和恶嫂子讲述了王宫里发生的事情，并且告诉他们自己是去给王子送祝贺信的。

恶嫂子立马就明白了事情的原委。她半夜起床，将祝贺信偷出来烧掉，又写了一封替换回去："你知不知道，你的妻子生了只狗崽，让我们所有人都蒙羞？写信告诉我们应该怎么办吧！"

信使将信送给了王子。王子读完信十分难过，给父母回信："看来这就是我的命运。如果上天是如此安排的，那就这样吧！请照顾好小狗崽，不要责怪我的妻子，等我回去。"

王子又派信使将信件带回给父母。回去的路上，信使又一次在露西克的哥哥家里借宿。

恶嫂子又偷出了王子的回信,扔进火里,自己写信替换:"将我妻子生的狗崽绑在她胸前,把她赶出去,我就用不着再见到她了,要不我会倒大霉的。"

国王和王后读完信,非常震惊。

"这是怎么回事,"国王和王后说,"他不顾我们的反对娶了这个没有手臂的姑娘,现在又要把她赶走……"

王子的父母很是伤心,非常可怜露西克和新生的孩子,但又不想违背儿子的意愿。

于是,他们将孩子绑在露西克胸前,痛哭着祝福这对母子,然后将他们赶了出去。

露西克带着孩子,流着眼泪走过了幽深的峡谷、黑暗的森林和荒凉的草地,最后来到了一片干旱的沙漠。

她在干旱的沙漠里走啊走,不知走了多久,走到了一口井边。她向井里看去,认为自己可以喝到井水。露西克俯下身喝水，孩子掉落到了井中。不幸的露西克围着水井又跑又叫。突然，她的身后传来了一个声音："姑娘别怕，伸手去捞你的孩子吧……"

露西克转过身来，发现说话的是一位白须及腰的老者。

"爷爷，我没有手臂，怎么伸手去捞呢？"

"伸手吧，姑娘，你有手的，向下伸去吧！"

露西克弯下腰，她的手臂迅速地长了出来，也救出了孩子。她转身正要向老者道谢，却发现老人已经消失不见了……

另一边,王子回到了家,弄清了事情的经过,立刻出发去寻找妻子和孩子。

他四处打听,终于碰到了一个陌生人。

王子向他打听:"你好!"

"你好!"

"你这是去哪里?"

"我在找妹妹。"

"我在找妻子和孩子,咱们结伴寻找吧!"

他们成了朋友,在外寻找了一年一年又一年,但仍旧毫无头绪,没打听到一丁点消息。最后,王子在大道上开了一家旅店,他的朋友带着妻子也在这里安顿下来。

有一天,一个流浪的贫穷女人带着孩子来到了旅店。

"咱们把那个流浪女叫进来吧,"王子跟朋友说,"流浪者都善于讲故事。让她给我们讲讲故事,咱们这些失意的人好度过这个夜晚。"

朋友的妻子表示了反对:"我们自己刚刚安顿下来,哪里容得下流浪者呢?"

然而,在王子的坚持下,女人和孩子还是被允许进入了旅店。母子俩靠坐在墙边。

"我们无法入睡,妹子,"王子说,"你能给我们讲点传奇故事吗?"

"我不知道什么传奇故事,"女人回答道,"但我知道一个真实的故事,如果你们愿意,我可以讲给你们听。"

"好的,请讲吧!"

女人开始了她的讲述:"从前,有一对兄妹。哥哥结婚了,带了一个邪恶善妒的妻子回家。"

"你在胡说八道什么!"朋友的妻子抱怨道。

"你干什么呢,干吗要打断她?让她继续讲。"朋友反驳了妻子,"妹子,请你继续讲……"

流浪女接着讲了下去:"妹妹美丽又善良,所有人都喜爱她。哥哥每次回家都会给她带点礼物,要么是鲜花,要么是水果,要么是衣服,要么就说些温柔的话语。恶嫂子嫉妒妹妹,开始计划除掉妹妹。"

"你这个不知羞耻的人在胡说些什么……"朋友的妻子再次插嘴道。

"老婆,你怎么回事?别打断她。妹子,请继续讲。"

流浪女继续讲:"嫂子实施了她的计划:有一次,她打碎了所有的碗碟和陶具,并嫁祸给无辜的妹妹。还有一次,她把丈夫心爱的马放跑,又一次栽赃给妹妹。见自己的诡计都没有得逞,她又刺死了摇篮里自己的孩子,把刀偷偷放在熟睡的妹妹身上……"

"闭嘴,你这个坏家伙!从没听说过天底下有哪个母亲会杀害自己的孩子!"朋友的妻子喊道。

"你为什么总是打断她?"丈夫生气了,"让人家讲故事,听听这个世界上都发生过什么令人惊奇的事情!"

流浪女继续讲:"人们审判了妹妹,将她的手臂砍掉,流放了她……她只得在偏僻的森林里流浪。有一次,王子在森林中打猎,遇到了这位美丽的姑娘。王子爱上了姑娘并迎娶了她。之后,王子出发去了遥远的地方。他的妻子诞下了一个拥有金色鬈发的可爱男孩。国王和王后给王子写了祝贺信。信使在送信路上借宿在姑娘的哥哥家。恶嫂子窜改了信件,告诉王子自己的妻子生下了一只狗崽……"

"闭嘴,你胡说八道得够多了,滚出去!"朋友的妻子气疯了。

"我的兄弟,管管你的妻子吧,让我们好好听听人家的奇闻。"王子恳求道。

流浪女继续讲:"年轻的王子读完信十分伤心,但仍旧回信让父母在自己回家前照顾妻子

和孩子。信使在送信途中再次借宿在恶嫂子家,信件又被恶妇窜改:'将我妻子生的狗崽绑在她胸前,把她赶出去。'父母收到了王子的信,把可怜的母子赶走了。"

"哪里来的臭女人!"朋友的妻子暴怒。

"够了!"她的丈夫和王子一齐喊道,"请继续讲,妹子!之后发生了什么?"

流浪女继续讲:"王子终于回家了。知道事情的原委后,王子出发去寻找妻儿。他遇到了没有手臂的姑娘的哥哥,哥哥也在四处寻找自己的妹妹。他们成了朋友,结伴一同寻找。他们寻找了很长时间,但一无所获。最后他们决定在大道上开一家旅店……"

"她撒谎!"朋友的妻子叫道。

丈夫和王子屏住呼吸,等待着故事的结局。

流浪女讲完了自己的故事:"备受饥渴折磨的母亲带着金发儿子四处流浪。最后,在她筋疲力尽的时候,她来到了这家旅店的门口……哥哥和丈夫出于怜悯让她进门,并请她讲个故事……"

"啊!"恶嫂子晕了过去。

"亲爱的露西克,真的是你吗?"丈夫和哥哥冲向了露西克,"亲爱的露西克!"

"是的,是我,你们的露西克。我的哥哥,我的丈夫,

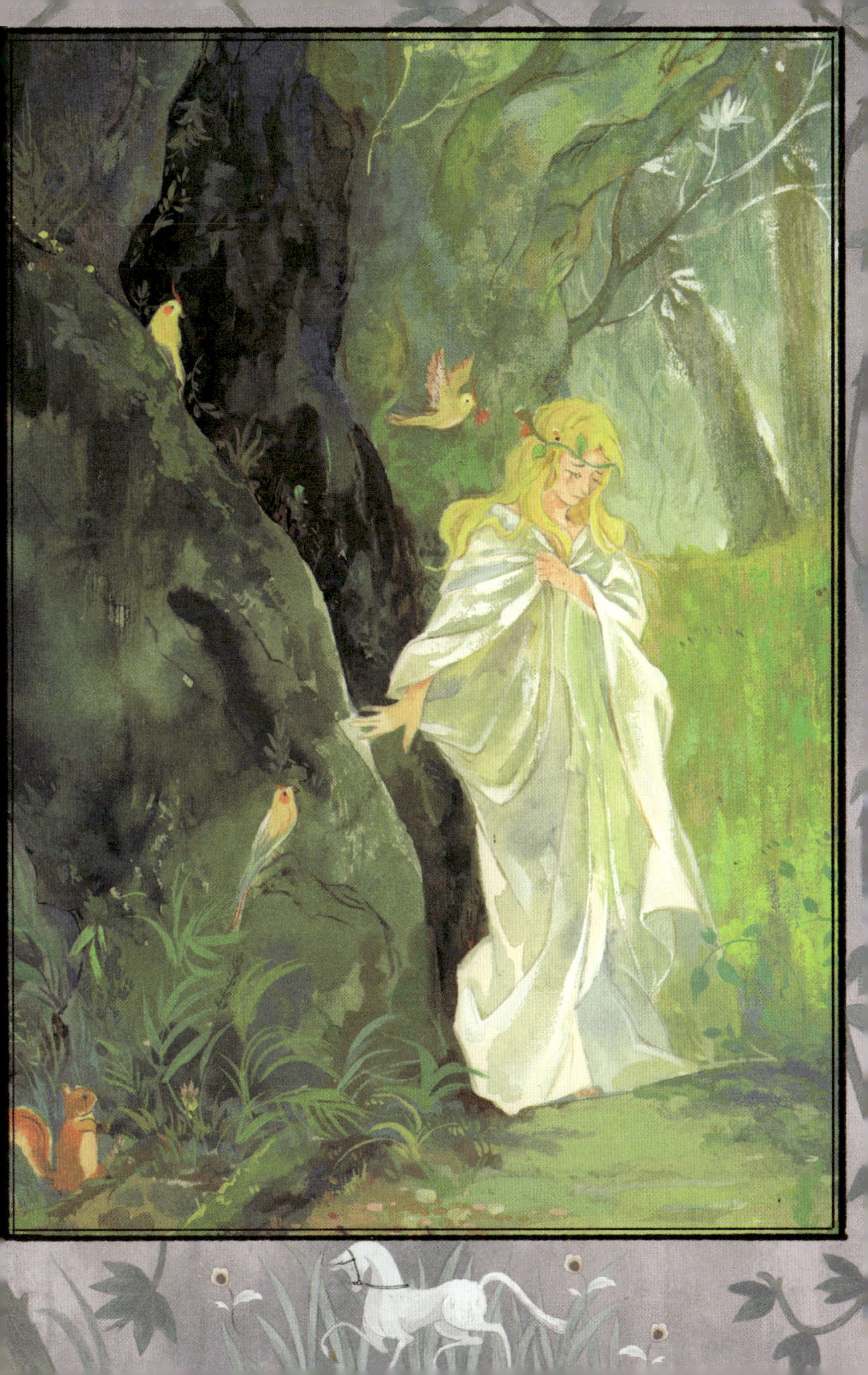

我的金发儿子还有我的恶毒嫂子都在这里!"

经过了这么久的相互寻找,他们的喜悦已经无法用言语表达。

人们将恶毒的嫂子绑在一匹疯马的尾巴后,疯马带着恶嫂子穿过广阔的田野。她的血溅到的地方,长出了荆棘;她的眼泪洒过的地方,形成了湖泊。在湖泊的深底,可以看到一个婴儿睡在摇篮里,枕下放着一把刀。一个女人跪在摇篮前,痛哭不已。

小山羊

从前,茂密的森林里住着山羊妈妈和她漂亮的小山羊。山羊妈妈每天都把小山羊留在家里,自己去吃草。晚上回家时,她就有很多奶水可以喂养小山羊。

每天,山羊妈妈回家时,她会先敲敲门,然后咩咩叫着说:

"我的小山羊,

"我的亲儿子!

"我走了好远的路,

"攒了很多的奶水。

"快来给我开门,

"你好香香地喝奶,

"我的小山羊,

"我的亲儿子!"

小山羊一听,就会立马开门。山羊妈妈喂完他就又会离开。

有一次，大灰狼悄悄跟在山羊妈妈身后，观察到了一切。一天晚上，他在山羊妈妈回家之前来到了小山羊家，高声喊道：

"我的小山羊，

"我的亲儿子！

"我走了好远的路，

"攒了很多的奶水。

"快来给我开门，

"你好香香地喝奶，

"我的小山羊，

"我的亲儿子！"

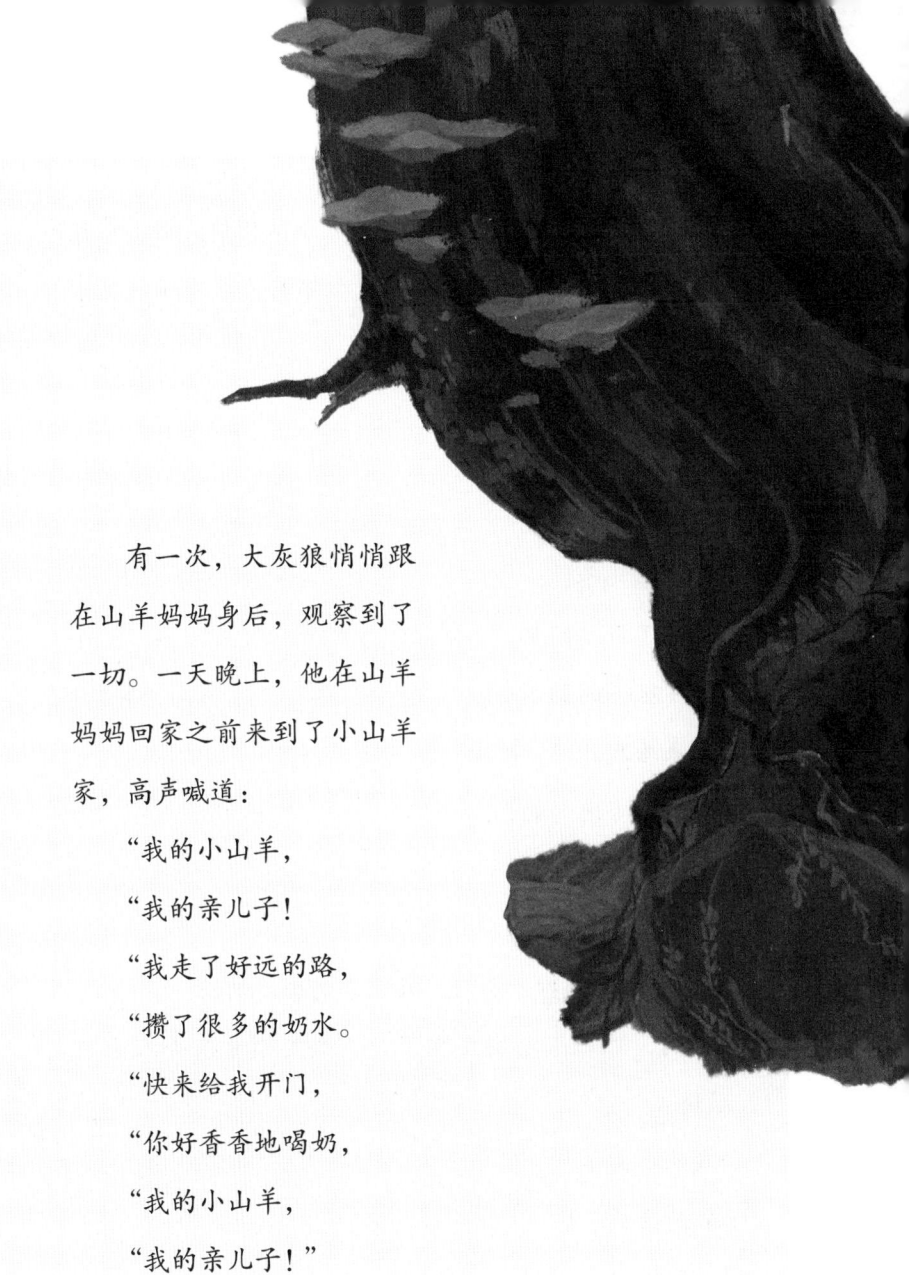

小山羊听到并回答:"你是谁?我不认识你。这不是我妈妈的声音。她的声音又甜又细,而你的又重又粗。我才不会给你开门……你走开!"

大灰狼灰溜溜地离开了。

山羊妈妈回家敲门:

"我的小山羊,

"我的亲儿子!

"我走了好远的路,

"攒了很多的奶水。

"快来给我开门,

"你好香香地喝奶,

"我的小山羊,

"我的亲儿子!"

小山羊给妈妈打开了门,吸吮着奶告诉妈妈:

"妈妈,你知道刚刚发生了什么吗?刚才有个人来敲门,喊道:

'我的小山羊,

'我的亲儿子!

'……'

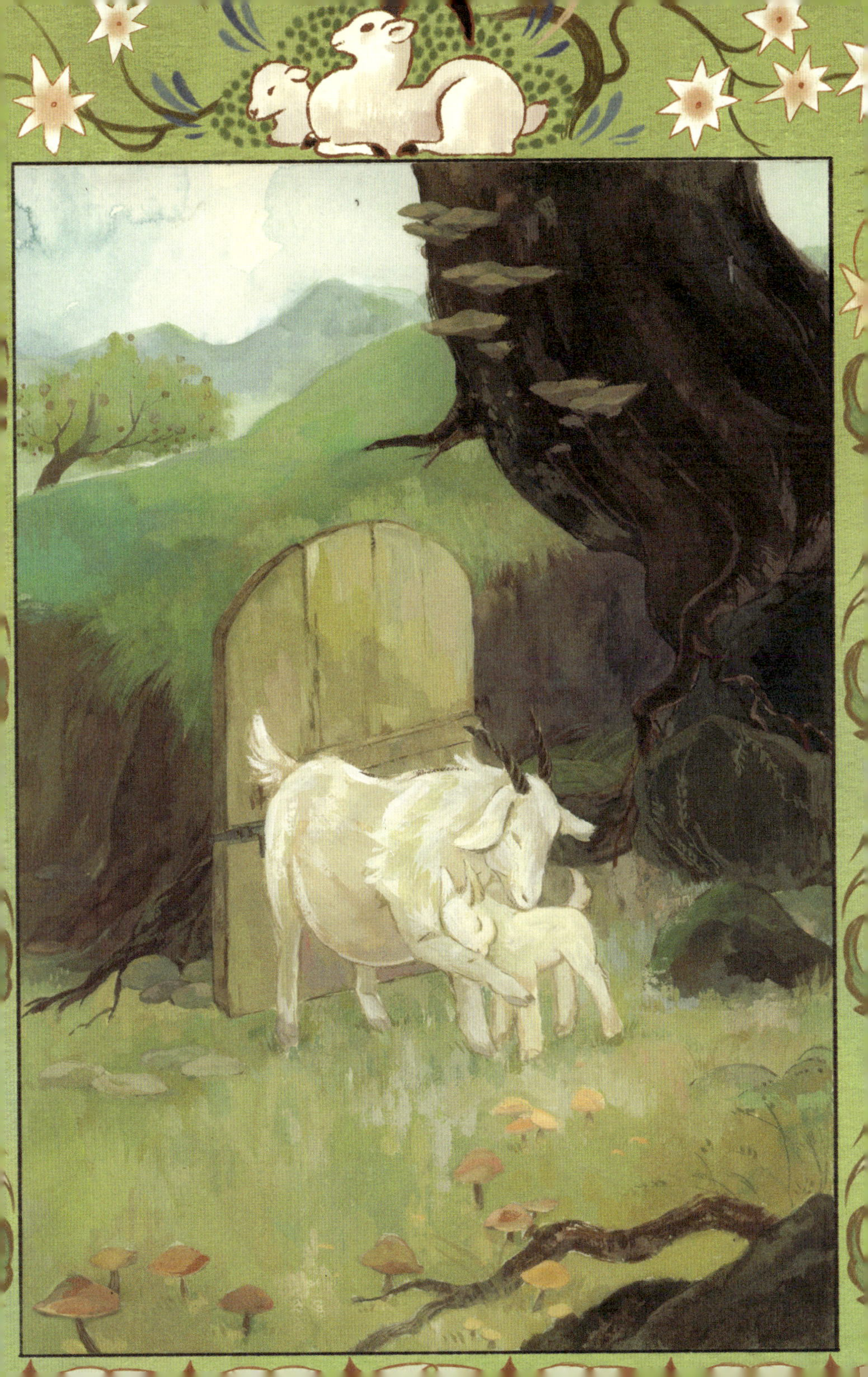

他的声音太粗重了！我好害怕，我太害怕了……就没给他开门。'我才不会给你开门……'我跟他说，'你走开！'"

"哎呀呀呀，我的小山羊宝宝！你没给他开门，做得太对了，"山羊妈妈害怕地说，"那可是大灰狼，他想吃了你。下次他来可一定不要开门！你就跟他说：'走开，要不我妈妈就用锋利的羊角顶你。'"

没有尾巴的狐狸

从前,有一位老妇人。有一天,老妇人挤了山羊奶,她把盛奶的罐子放在地上,自己去找柴火煮奶。

这时,一只狐狸跑来了,把嘴伸进罐子喝奶。

老妇人看到狐狸在偷奶喝,生气地用锄头砍断了狐狸的尾巴。

狐狸立马跑开,爬上了一块石头,哀求老妇人:"老奶奶,老奶奶,求你把尾巴还给我。我把尾巴接回去,再去找我的朋友们,不然它们会嘲笑我:'没有尾巴的狐狸,你去哪儿了?'"

老妇人回答道:"那你先把偷喝的奶还回来。"

狐狸跑去找奶牛:"奶牛,奶牛,求你给我些奶。我把奶交给老妇人,她才能把尾巴还给我。我把尾巴接回去,再去找我的朋友们,不然它们会嘲笑我:'没有尾巴的狐狸,你去哪儿了?'"

奶牛回答道:"那你先给我找些草来。"

狐狸跑去找田地:"田地,亲爱的田地,求你给我一些草。我把草带给奶牛,奶牛才能给我牛奶。我再把牛奶交给老妇人,她才能把尾巴还给我。我把尾巴接回去,再去找我的朋友们,不然它们会嘲笑我:'没有尾巴的狐狸,你去哪儿了?'"

田地回答道:"那你先给我找些水来。"

狐狸跑去找小溪:"小溪,亲爱的小溪,求你给我点水。我把水带给田地,田地才能给我青草。我把青草带给奶牛,奶牛才能给我牛奶。我再把牛奶交给老妇人,她才能把尾巴还给我。我把尾巴接回去,再去找我的朋友们,不然它们会嘲笑我:'没有尾巴的狐狸,你去哪儿了?'"

小溪回答道:"那你先给我找来一只水罐。"

狐狸跑去找女孩:"女孩,女孩,求你给我一只水罐。我把水罐带给小溪,小溪才能给我些水。我把水带给田地,田地才能给我青草。我把青草带给奶牛,奶牛才能给我牛奶。我再把牛奶交给老妇人,她才能把尾巴还给我。我把尾巴接回去,再去找我的朋友们,不然它们会嘲笑我:'没有尾巴的狐狸,你去哪儿了?'"

女孩回答道:"那你先给我带一串项链来。"

狐狸跑去找商贩:"商贩,商贩,求你给我一串项链。我把项链带给女孩,女孩才能给我一只水罐。我把水罐带给小溪,小溪才能给我些水。我把水带给田地,田地才能给我青草。我把青草带给奶牛,奶牛才能给我牛奶。我再把牛奶交给老妇人,她才能把尾巴还给我。我把尾巴接回去,再去找我的朋友们,不然它们会嘲笑我:'没有尾巴的狐狸,你去哪儿了?'"

商贩回答道:"你先给我弄颗鸡蛋来。"

狐狸跑去找母鸡:"母鸡,亲爱的母鸡,求你给我一颗蛋。我把蛋带给商贩,商贩才能给我一串项链。我把项链带给女孩,女孩才能给我一只水罐。我把水罐带给小溪,小溪才能给我些水。我把水带给田地,田地才能给我青草。我把青草带给奶牛,奶牛才能给我牛奶。我再把牛奶交给老妇人,她才能把尾巴还给我。我把尾巴接回去,再去找我的朋友们,不然它们会嘲笑我:'没有尾巴的狐狸,你去哪儿了?'"

母鸡回答道:"那你先给我弄些谷粒来。"

狐狸跑去找打场工:"打场工,打场工,求你给我些谷粒。我把谷粒带给母鸡,母鸡才能给我颗蛋。我把鸡蛋带给商贩,商贩才能给我一串项链。我把项链带给女孩,女孩才能给我一只水罐。我把水罐带给小溪,小溪才能给我

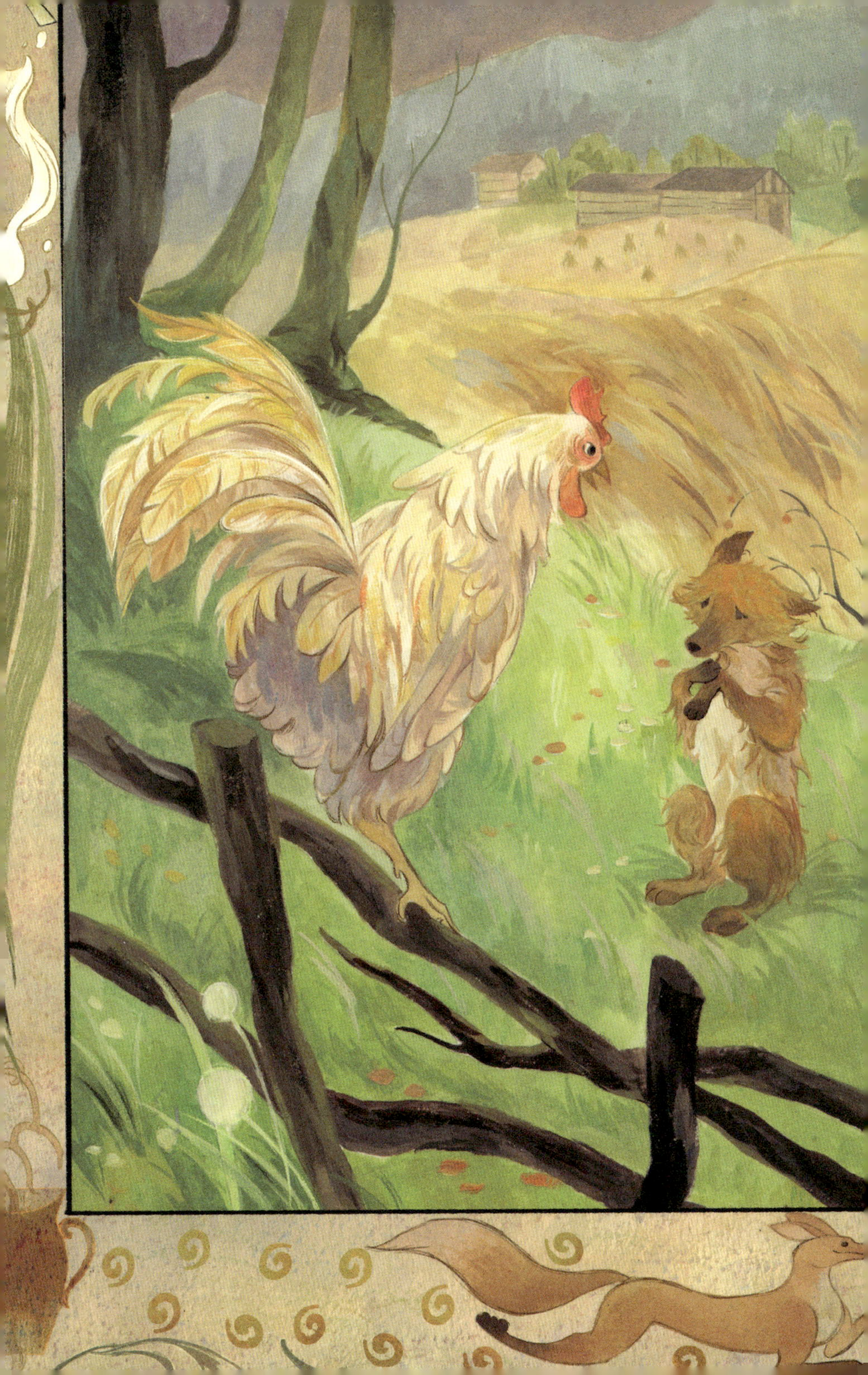

些水。我把水带给田地,田地才能给我青草。我把青草带给奶牛,奶牛才能给我牛奶。我再把牛奶交给老妇人,她才能把尾巴还给我。我把尾巴接回去,再去找我的朋友们,不然它们会嘲笑我:'没有尾巴的狐狸,你去哪儿了?'"

打场工可怜狐狸,便给了它一把谷粒。

狐狸把谷粒带给了母鸡,母鸡给了它一颗蛋。狐狸把鸡蛋带给了商人,商人给了它一串项链。狐狸把项链带给了女孩,女孩给了它一只水罐。狐狸把水罐带给了小溪,小溪给了它一些水。狐狸把水带给了田地,田地给了它一些青草。狐狸又把青草带给了奶牛,奶牛给了它一些牛奶。最后,狐狸把牛奶带给了老妇人,老妇人把尾巴还给了狐狸。狐狸把尾巴接了回去,跑去追上了自己的朋友们。

麻雀

从前，有一只麻雀。

有一天，它的脚上扎了根刺。它飞来飞去，看到一个老妇人在捡柴火，准备生炉火烤面包。

麻雀说："奶奶，奶奶，请把我脚上的刺拔出来，扔到你的炉子里去烧！我自己去找些粮食渣吃。"

老妇人把刺拔了出来，生了火。

麻雀飞走了，不一会儿又飞了回来，说："把我的刺还给我！"

老妇人回答说："我已经把你的刺扔到炉子里了。"

麻雀坚持道:"把刺还给我,要不就把你的面包给我!"

老妇人给了麻雀一条面包,麻雀叼着面包飞走了。

麻雀飞过田野,看到一个牧羊人空口喝着牛奶,没有配面包。麻雀跟牧羊人说:"牧羊人兄弟,你为什么光喝奶不吃面包呢?这条面包给你,把它掰碎泡奶吃吧!我自己去找些粮食渣吃。"

麻雀飞走了,不一会儿又飞了回来,说:"把我的面包还给我!"

牧羊人回答说:"我已经把你的面包吃掉了。"

"不,"麻雀说,"把面包还给我,要不就把你的小羊羔给我!"

牧羊人只得给了麻雀一只小羊羔,麻雀抓着小羊羔飞走了。

麻雀飞着飞着,看见有人在举办婚礼,却没有羊可以

宰来招待客人。麻雀说:"不要担心!把我的羊羔拿去宰杀设宴吧!我自己去找些粮食渣吃。"

麻雀飞走了,不一会儿又飞了回来,说:"把我的羊羔还给我!"

人们回答说:"我们已经把羊羔吃掉了,怎么还给你呢?"

麻雀坚持道:"不,把我的羊羔还给我,要不就把新娘交给我!"

麻雀抓着新娘飞走了。

麻雀飞着飞着，突然看到路上有个吟游诗人。

麻雀跟吟游诗人说："吟游诗人兄弟，把这位新娘交给你吧，让她留在你身边。我自己去找些粮食渣吃。"

麻雀飞走了，不一会儿又飞了回来，说："把新娘还给我！"

吟游诗人回答说："她已经回家了！"

麻雀坚持道："把新娘还给我，要不就把你的三弦琴交给我！"

吟游诗人只得把自己的三弦琴给了麻雀。

麻雀抓起琴，把它甩到肩上，然后飞走了。麻雀落在一块石头上，拨着弦叽叽喳喳地唱起来：

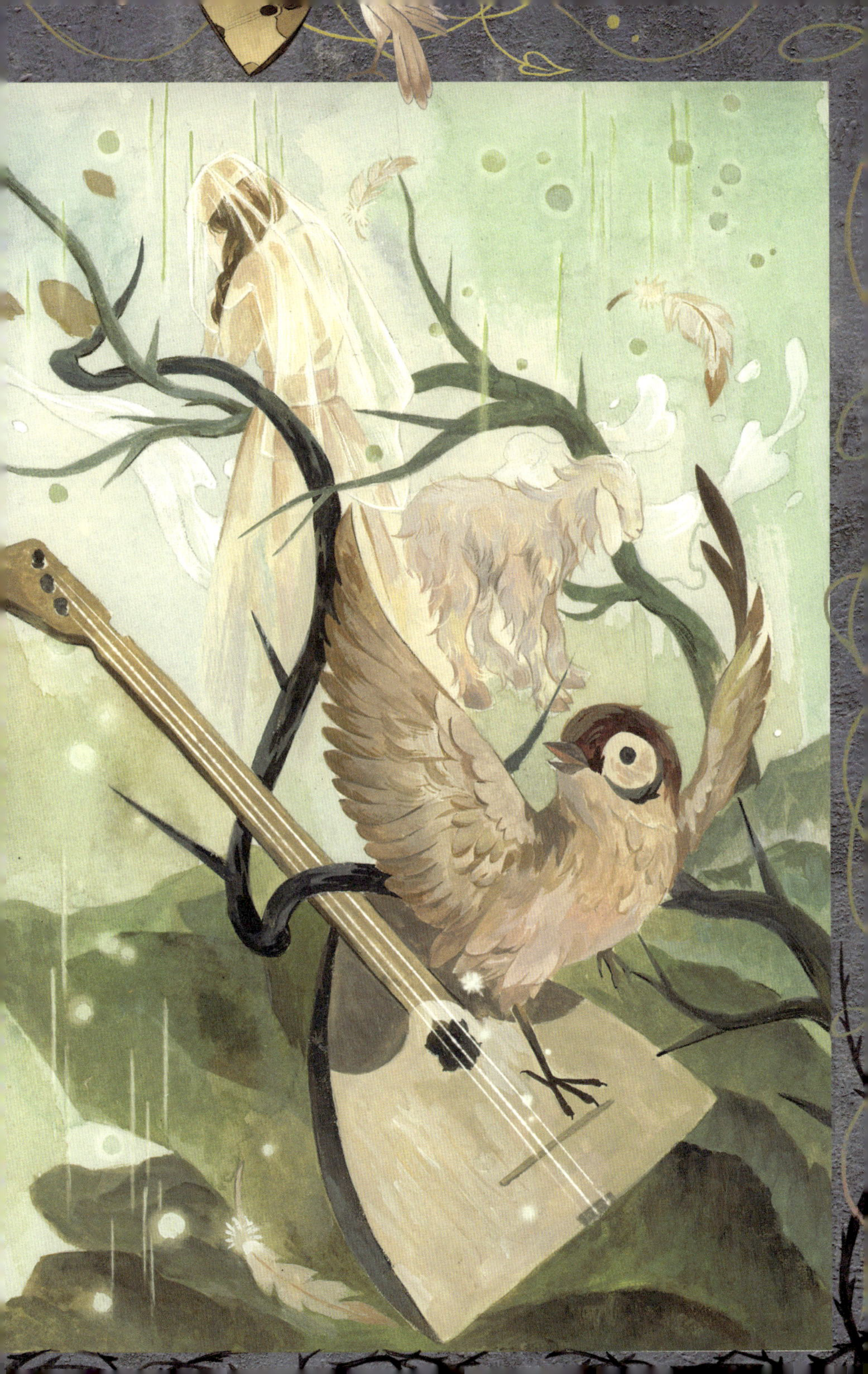

"叮咚!

"送出一根刺,带走一条面包。

"送出一条面包,带走一只羊羔。

"送出一只羊羔,带走一位新娘。

"送出一位新娘,带走一把三弦琴。

"带走一把三弦琴,我成了一个吟游诗人!

"叮咚!

"啦——啦——"

懒惰的胡莉

从前,有一个女人,她有一个女儿,名叫胡莉。胡莉懒惰又一无所长,整天游手好闲,无所事事。

没事儿就哼着小曲:

我不想工作,
工作也不适合我,
播种棉花的活儿,
无聊又肮脏。
我还是嚼嚼口香糖,
坐在屋顶上打哈欠。
闲看一阵路人,
吃吃喝喝唱会儿歌,
待到天黑睡大觉。

邻居们给这个女孩起了个绰号，叫她"懒惰的胡莉"。胡莉的母亲却吹嘘自己的女儿："我的完美女儿拥有一双巧手，梳棉、纺纱、捻合、编织，小菜一碟；揉面、烘焙、蒸煮、煎炸，样样精通。"

吹嘘的话语传到了年轻商人的耳中。商人说："这正是我需要的姑娘。"他立刻跑去向懒惰的胡莉提亲，把她娶过了门，带回了家。

过了一段时间，商人买回了十几二十捆棉花，并交给妻子，说："我要去很远的地方做生意，你把这些棉花梳理纺织好，等我回来把它们卖掉，我们就有钱了。"

商人离开了家，懒惰的胡莉也没将丈夫的嘱咐放在心上。她每天一边嚼着口香糖一边溜达。

有一天，胡莉来到河边，听到青蛙在叫："呱呱，嘎嘎，呱呱，嘎嘎……"

"喂，呱呱姑娘、嘎嘎姑娘！懒惰的胡莉叫道，"我给你们拿些棉花过来，你们能纺织吗？"

"给，给，给……"

懒惰的胡莉非常高兴，她把棉花拿来扔进了河里。

"请你们梳理、纺织棉花。过几天我过来把纺好的纱线取走卖掉。"

过了几天，胡莉回到了河边。

青蛙还在叫："呱呱，嘎嘎，呱呱，嘎嘎……"

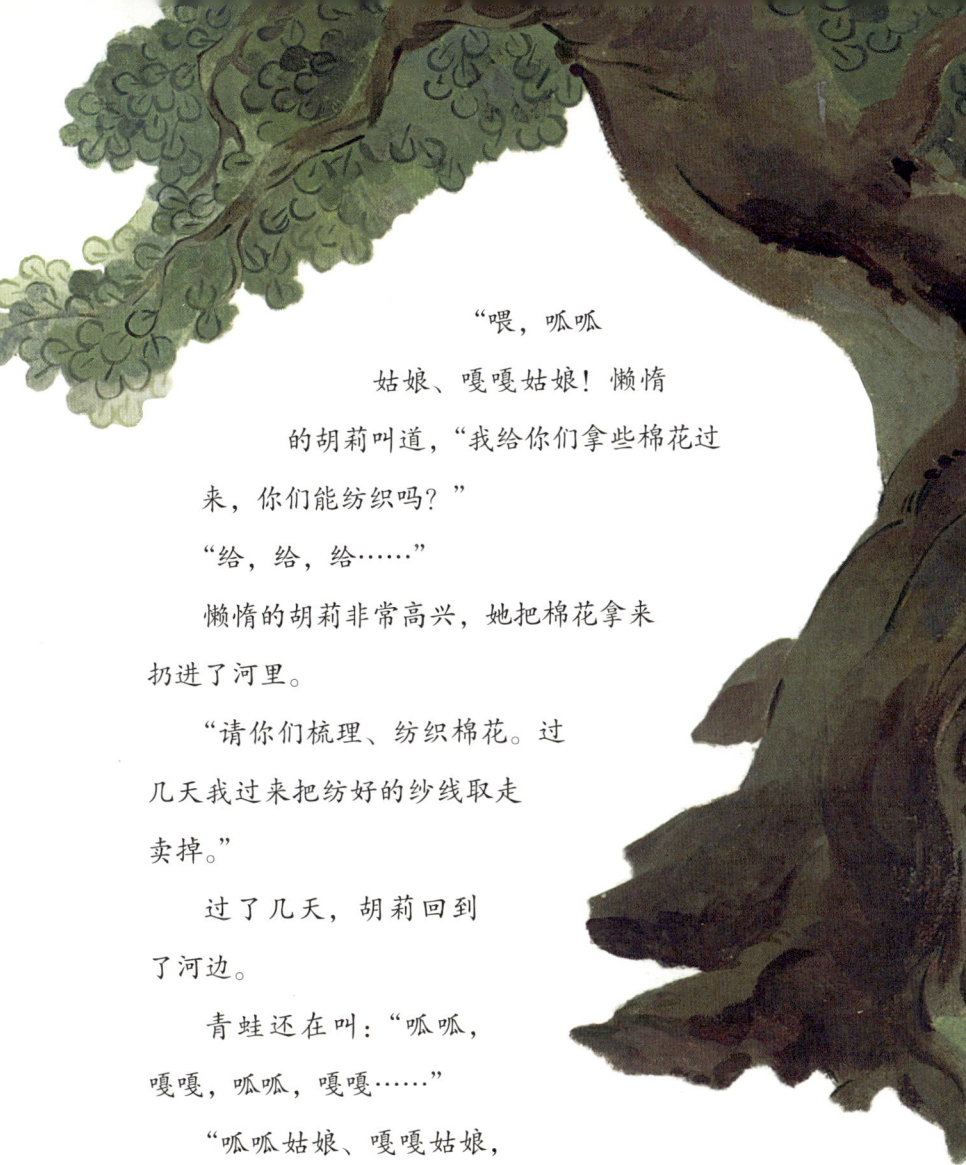

"呱呱姑娘、嘎嘎姑娘，把纱线拿来！"

青蛙呱呱叫着，没有将纱线取来。

懒惰的胡莉一看，看到了河边石头上长满的青苔。

"哇，"她说，"我眼睛都花了，看看，你们不仅梳好了棉花、纺好了纱线，还织好了地毯。"胡莉将手放在额头上，大声说道，"既然你们给自己织了地毯，那就把棉花钱付一下吧！"她走进河里，突然，她的脚碰到了什么坚硬的东西。胡莉从河里将东西掏出一看，竟是一块金锭。

胡莉感谢了呱呱姑娘和嘎嘎姑娘，带着金锭回家了。过了一段时间，商人回到了家。商人走进屋子，看到架子上有一大块金子，向胡莉问道："老婆，这是哪里来的金子？"

胡莉回答道："你想不到吧，我把棉花卖了，换的金子。"

商人高兴得手舞足蹈。他邀请了岳母，给她送了礼物，并向她表示感谢，因为她养育了这么一个聪明能干的女儿。

他们摆了筵席，准备尽情享用。

而岳母是一个狡猾的女人。她弄清了事情的原委，担心商人以后会再次打起主意，把工作托付给女儿，而胡莉的秘密就会败露。

宴会进行到一半时，一只甲虫飞进了屋子，在房间里发出嗡嗡的声音。岳母站起来，向甲虫鞠了一躬，说道："姑妈你好，欢迎你。这么长时间你都去哪里了？看看你，你都变样子了，都不像你了。你看着可真吓人。谁逼你这么辛苦地工作啊？"

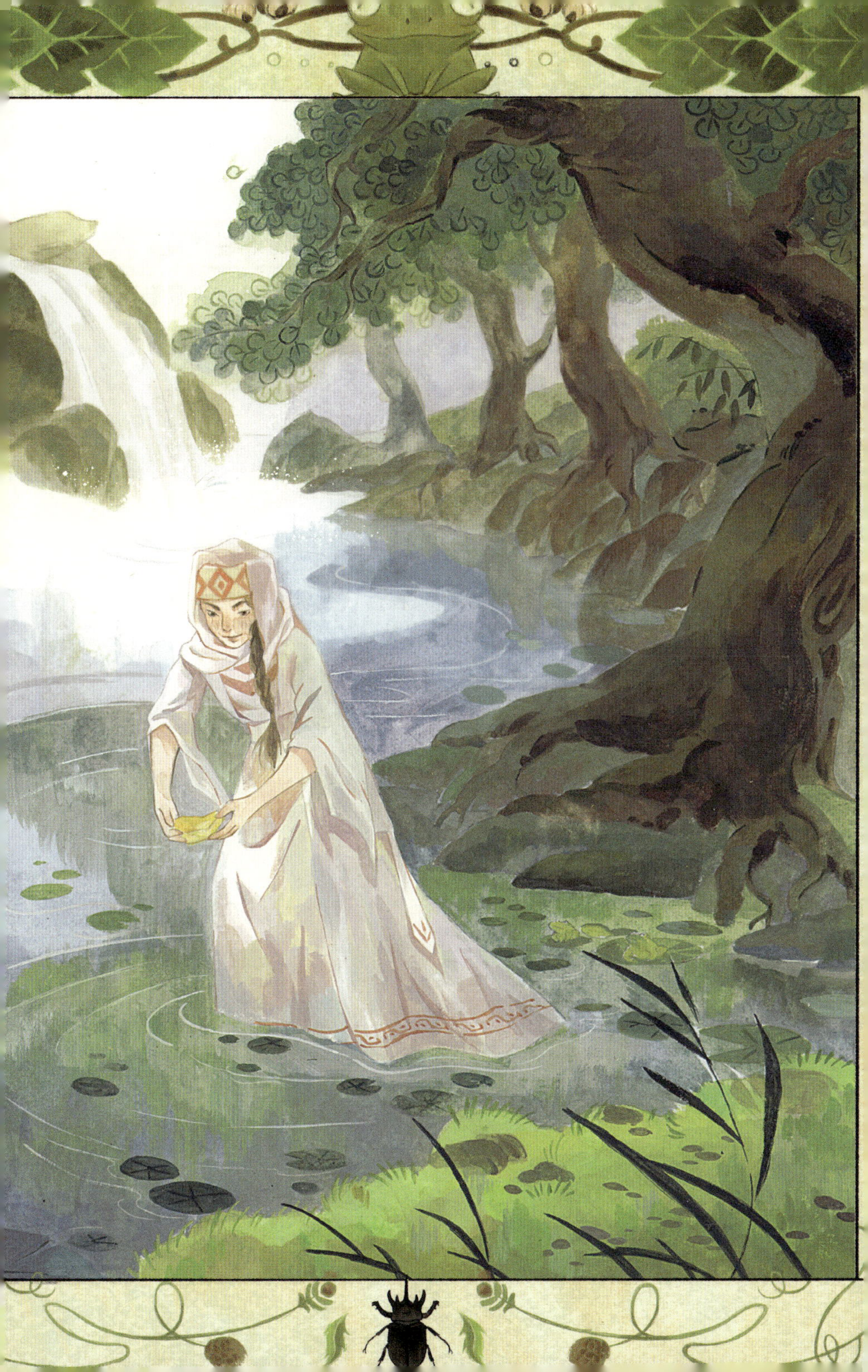

女婿惊讶道:"你疯了吗,妈妈!你在胡说些什么啊!哪里来的姑妈!"

"女婿啊,我能瞒着其他人,却不会瞒着你,毕竟你是我的女婿。这只甲虫是我的姑妈。我这不幸的姑妈非常勤劳,总是一刻不停地工作。她因工作逐渐变得憔悴、颤抖,身子越缩越小,最后变成了一只甲虫。我们家族的人都是这样的,我们非常勤劳,但因工作憔悴,最终会缩小变成甲虫。"

商人脸色惨白,嘴唇吓得直发抖。

从那天起,商人禁止胡莉干活,怕她像岳母的姑妈一样变成甲虫。

喜爱宴会的人总能及时行乐

1

哈里发哈伦·拉希德曾经统治巴格达。这位哈里发有个乔装打扮在巴格达闲逛的习惯,这样他就能随时了解首都发生的事情。

一天晚上,他伪装成托钵僧,沿着一条偏僻的街道行走,突然从一间简陋的小屋里传出了歌声和乐声。哈里发停下来想了想,决定进屋看看。他走进小屋,看到房间空荡荡的,墙壁也光

秃秃的,主人和乐师坐在火炉边的地毯上,他们唱歌、奏乐、玩乐,面前摆着一点点食物。

"祝福你们,快乐的人们!"托钵僧向屋子的主人鞠了一躬。

"欢迎,托钵僧大师,请坐在火炉边,与我们一起分享上天赐予的面包,一起玩乐。"主人邀请他坐在自己身边,宴会继续进行。

夜深了,乐师拿到了小屋主人付的报酬,离开了屋子。哈里发假扮的托钵僧向小屋主人提问:"朋友,你叫什么名字?"

"哈桑。"

"希望这不会冒犯到你,哈桑兄弟。请问你从事什么职业,能挣到多少钱供你这样玩乐?"

"举办这样一场宴会花不了多少钱,托钵僧大师!"哈桑微笑着回答,"用一点点钱就能获得快乐。我不过是个普通的鞋匠,平时就修修鞋子,挣得很少。每晚我都会留一些收入用来维持生计,剩下的部分用来请乐师,就是你看到的那些人。我们聚在一起,度过一个欢乐的夜晚。如果还有你这样的贵客来访,我们就更高兴了。"

"哈桑兄弟,愿你永远这么快乐。但是……如果你突然没了这份微薄的收入,你会怎么办?"

"托钵僧大师,我怎么会丢掉这份工作呢?"

"嗯……比方说,我们的哈里发突然下令禁止鞋匠从业。万一他一拍脑袋,做出这样的决定,也是有可能的……"

"哎,托钵僧大师,哈里发就没有别的事情可想了吗?我们又没有做错什么,他怎么会无故责难我们鞋匠呢?就算真的发生这种情况,那我们再想办法保持快乐。上天是仁慈的,托钵僧大师,热爱宴会的人总会有盛宴参加的!车到山前必有路,这就是世间的规则……现在该睡觉了,托钵僧大师。"

"愿上天保佑你万事如意!"托钵僧虔诚地说。

2

第二天一早，托钵僧就离开了。

在他离开后不久，城市的公告员遍布巴格达的大街小巷，宣布哈里发关闭所有鞋匠铺的命令，从这一天起，任何人都不得从事鞋匠这门职业，违抗命令的人会被砍头……

官兵从可怜的哈桑手里夺走了修鞋锥子，把他赶出了狭窄的小铺，并把店门钉了起来。

晚上，哈伦·拉希德再次装扮成托钵僧，在城里闲逛。他经过快乐的哈桑居住的街道，再次听到了歌声和乐声。于是，他又走进了哈桑的小屋。

"啊，托钵僧大师，欢迎你，"哈桑向哈里发打招呼，"请坐！"

他们坐下来，开始吃喝、唱歌、奏乐，一直玩乐到了半夜。

午夜时分，乐师们拿着酬劳离开了，小屋里只剩下哈桑和客人。

"托钵僧大师，你知道今天发生了什么吗？"

"发生了什么？"

"正如你昨晚所预言的那样，哈里发下令禁止鞋匠从业……"

"你说什么？！"托钵僧惊讶道，"如果是这样的话，你今天举行宴会的钱是从哪里来的呢？"

"我找到了一个陶罐，我拿着它去卖凉水。我把一部分赚到的钱用于生活，剩下的付给乐师，又举行了一场宴会！"

"那如果哈里发下令禁止在街头卖水呢，你要怎么办？"

"卖水碍着哈里发什么事儿了吗，他为什么要禁止？我干吗要为这种事情早早担忧呢？如果他真的下了命令，

我们再想办法。别担心,我的朋友,我总能挣到一口吃的,也总能找到办法享乐。"

"我的朋友哈桑,愿你永远这么快乐!"托钵僧虔诚地说,离开了小屋。

3

一大早,公告员遍布巴格达的大街小巷,高声宣布哈里发哈伦·拉希德的命令:"水是上天的恩赐,所以从现在开始,禁止售水赚钱!我命令将巴格达所有卖水人的水罐都打碎,将水囊都扯破。"

可怜的哈桑在去打水时被官兵发现,他的陶罐也被打破,只能空手而归。

晚上,哈里发再次乔装成托钵僧,在城里闲逛。他走近快乐的哈桑的小屋,又听到了歌声和乐声。哈里发走进了小屋。

"啊,托钵僧大师,欢迎你,请坐!让我们在此畅饮,好延续白天,消磨夜晚……让我们好好享乐吧,托钵僧大师,快乐总比悲伤好。"

"当然,快乐总比悲伤好。我们都是凡人,总有一天会死去,所以就尽情欢乐吧!"托钵僧回答道,坐在了哈桑旁边。

深夜,乐师们拿着酬劳离开了,小屋里只剩下哈桑和托钵僧。

"哈桑兄弟,你知不知道,我听说哈里发禁止售水,这是真的吗?"

"是真的,官兵甚至打破了所有的水罐和水囊!我的兄弟,你是一位真正的预言家,不论你预言了什么,第二天都会成真……"

"那你怎么又举办了宴会,你哪里来的钱呢?"

"哎,世界上最不应该担忧的就是金钱了!挣钱并不困难,托钵僧大师。我今天给一个商人打工,挣到了一点报酬。我花了一些用于生计,剩下的付给乐师来举办宴会。重要的是人,而不是金钱,托钵僧大师!"

"我向上天发誓,哈桑,哈里发的宫廷里需要一个你这样的人。"托钵僧感叹道。

"呀,托钵僧大师,你之前说过的话都成真了!如果你刚才的话又应验了可怎么办?"

"怎么不会呢,一切皆有可能!"托钵僧回答道。

说完,哈里发离开了。

喜爱宴会的人总能及时行乐

4

第二天一大早,宫廷侍从就来到了哈桑简陋的小屋:"喜爱宴会的哈桑住在这里吗?"

"正是我……"哈桑惊讶地回答。

宫廷侍从将哈桑带到了王宫,宣布哈里发授予了他宫廷职位。他们给哈桑穿上了制服,配上了一把军刀,让他待在宫殿的一个入口处。哈桑一整天都在那里无所事事。到了晚上,侍从让哈桑回家,但没有付给他报酬,并吩咐他第二天早上再回来,继续在入口处当班。

晚上,哈伦·拉希德又扮成托钵僧,在城里闲逛。哈里发走近哈桑的小屋,侧耳倾听,惊讶地停下了脚步,小屋里又传来了歌声和乐声,哈桑又在举办宴会!哈里发走进小屋。

"啊,托钵僧大师,托钵僧大师,你怎么能做出这种事情!你知道吗,你昨天的话又应验了,哈里发授予了我宫廷职位!"

"真的吗?!"

"我向上天发誓!"

"你的薪水是不是很丰厚?"

"什么'丰厚'啊,他们连个硬币都没付给我,我空着手回的家。"

"那你又哪里来的钱举办宴会?"

"请坐,托钵僧大师,我这就告诉你。在宫廷里的时候,他们在我腰间别了一把军刀。晚上我回家的时候突然想到,我又不会杀人,我要刀干什么!我把钢刀卖了,买了把木刀插入剑鞘,然后就回家了。我用卖刀的钱举办了这场宴会。你说我做得怎么样?与其拿着一把能杀人的刀,换钱享受生活岂不是更好吗?"

"哈哈哈!"托钵僧笑了,"这样当然更好,但是……如果明天哈里发命令你砍掉某个罪犯的脑袋,我的朋友哈桑,你该怎么办呢?"

"嘿，托钵僧，管好你的乌鸦嘴！"哈桑生气道，"你说什么都会成真的……我招你惹你了吗，就不能跟我说点好话？！"

哈桑十分忧伤，心里充满恐惧，一整晚都没有合眼。

第二天，哈里发真的下令召见哈桑，并在所有官员面前严肃地命令哈桑将一个犯人斩首："我命令你拔刀，砍下这个歹徒的头！"

"万岁，伟大的哈里发！"哈桑惊恐地小声说，"我做不到……我这辈子从没杀过人……你的宫廷里有很多能做这事的人，让他们来干吧！"

"你没听到我的命令吗？！再敢磨蹭一分钟，你的头就会从脖子上滚下来！现在就给我拔刀！"

听到哈里发的话，可怜的哈桑走到跪在地上的罪犯面前，举起双手向天喊道："老天爷，正义或是罪恶，你无所不知……如果这个人有罪，请赐予我力量，让我一刀砍下他的头！如果他是无辜的，就把我的钢刀变成木头吧！"

说罢，哈桑抽出了腰间的刀……他抽出的竟真是把木刀！周围的所有人看到如此神迹，都惊呆了。哈伦·拉希德则放声大笑，向所有官员讲述了真相。

官员们也都开怀大笑，夸赞着哈里发和喜爱宴会的哈桑。就连跪在地上伸着脖子，等着被砍头的犯人都笑了。

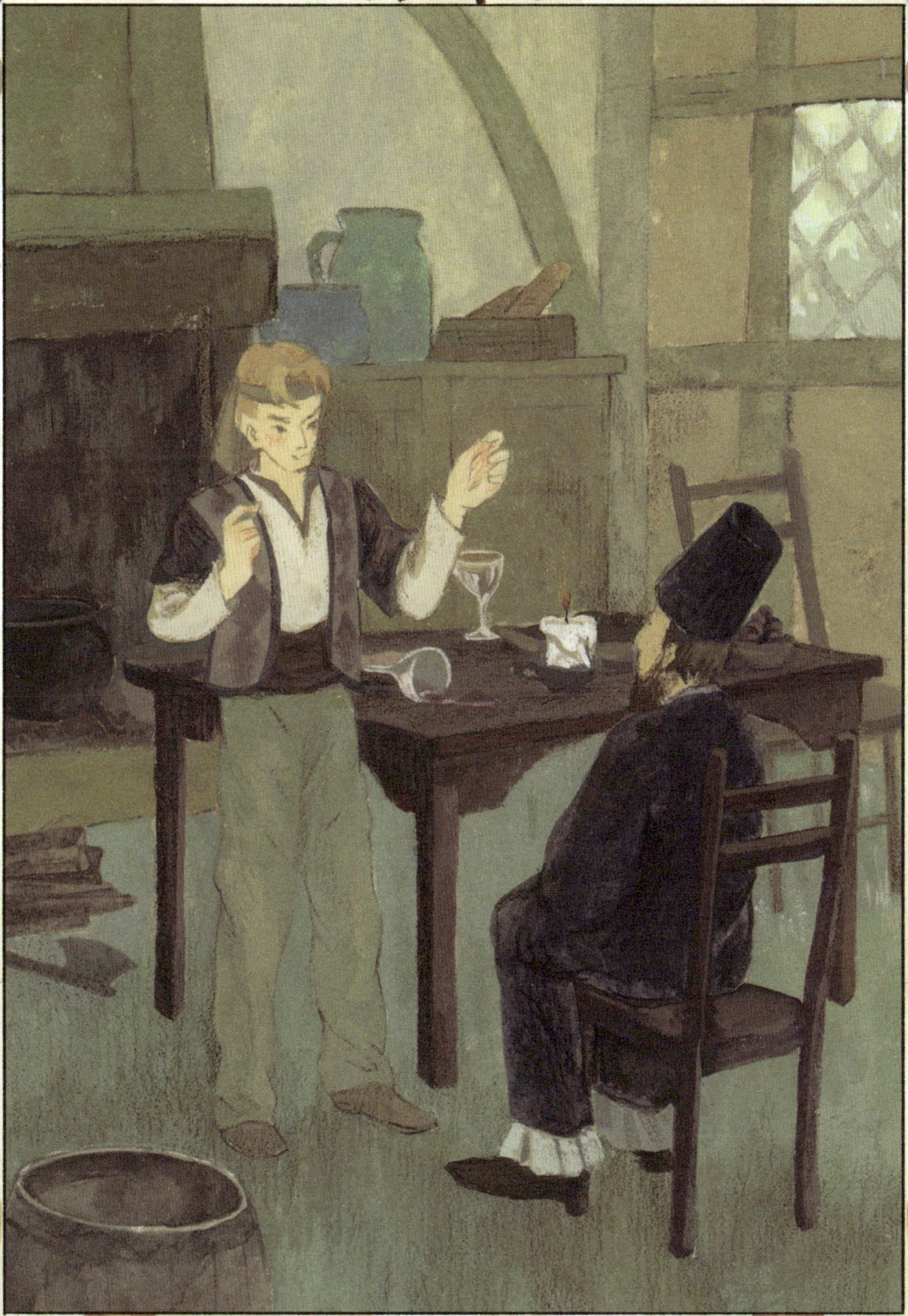

哈伦·拉希德赦免了犯人。他还宣布哈桑是他最喜欢的人,并给他安排了一个职位,让他不需要为任何事情担心,可以一边工作,一边享受生活,并教导别人如何快乐地活着。

查查国王

从前,有一个贫穷的磨坊主。

有一天,磨坊主去磨坊关水闸,回来后发现自己丢了一块奶酪。

第二天,磨坊主又去了一次磨坊,回来后发现自己又丢了一块面包。

怎么才能抓住这个小偷呢?磨坊主思来想去,在门口设下了一个陷阱。第二天早上起床后,他发现一只狐狸掉进了陷阱。

"哈,等着瞧,可恶的东西,让我跟你算算账。"磨坊主说着,拿起了铁棍。

"别杀我,"狐狸恳求道,"不过是一块奶酪。把我放了吧,我会好好报答你的。"

磨坊主听了狐狸的话，把它放了。狐狸跑去垃圾堆，从中翻出一块金子，拿着金子去见了国王。

"国王万岁！请给我一把量尺。查查国王有一点金子，我去测量一下，再把量尺还回来。"

"查查国王是谁？"

"他是一位非常富有的国王，而我是他的大臣。"狐狸回答道，"请给我一把量尺。之后你就知道了。"

狐狸拿起量尺，将金子塞进量尺的裂缝中。晚上，它又把量尺还了回去。

"啊，"狐狸说，"量了那么多黄金，我都累坏了。"

"真的会有人这么测量黄金吗？"国王想。他抖了抖量尺，"叮当"一声，一块金子掉了出来。

第二天，狐狸又来找国王。

"查查国王有一点宝石和珍珠。请把你的量尺给我，我去测量一下，再还回来。"

狐狸拿着量尺走了。它找出了一颗珍珠，把珍珠塞进量尺的裂缝中。晚上，它又把量尺还了回去。

"啊，"狐狸说，"量了那么多珍珠宝石，我都累坏了。"

国王晃了晃量尺，一颗珍珠掉了出来。他十分惊讶："查查国王是多么富有啊，竟用量尺来测量黄金、宝石和珍珠。"

又过去了几天。有一天，狐狸又来找国王，代表查查国王向国王的女儿提亲。

国王非常高兴："好的，去吧，快点回去筹备婚礼吧！"

国王的宫殿里，人们开始忙忙碌碌地准备婚礼。

狐狸跑向了磨坊主，将好消息告诉了他："国王将自己的女儿许配给你了。准备一下，我们去庆祝婚礼吧！"

"啊，你都做了什么！我诅咒你，狐狸！我娶什么国王的女儿？我这么穷，连衣服都没有……我现在该怎么办啊？"

"别担心，请相信我。"狐狸安慰道，然后跑回国王身边。

"查查国王带着一大群随从来举行婚礼。途中敌军袭击了他，杀死了随从，抢走了所有财物。而他自己逃过了一劫，藏到了磨坊里。请给他送些衣物，好让他能过来与你的女儿结婚，之后再回去向敌人报仇。"

国王立刻将皇家礼服给了狐狸，还派了许多骑兵一同前往，好让自己的女婿风风光光地前往宫殿。

队伍来到了磨坊主的房子前。狐狸为磨坊主穿上了皇家礼服，让他骑上马。骑兵前后簇拥着磨坊主，在这样庄重的气氛下,他们来到了王宫。贫穷的磨坊主惊叹不已。

狐狸和磨坊主入座,他们的面前摆满了各种各样的山珍海味。磨坊主不知该拿什么,也不知该怎么吃这些新奇的食物。

"狐狸兄弟,他为什么不吃东西?"国王问道。

"他还在想自己被抢劫的事情。丢失了那么多财物,他怎么受得了这样的耻辱!"狐狸叹气道。

"没关系,别再伤心了,亲爱的女婿,"国王说道,"现在应该开心地庆祝,尽情地享受。"

他们大肆庆祝,又吃又喝又玩又跳。婚礼进行了七天七夜,狐狸也成了国王的干亲家。

婚礼结束后,国王给了女儿丰厚的嫁妆,并要护送她前往查查国王的国家。

"等等,我先走一步。我会准备好一切,你们就跟在我后面。"狐狸说罢跑走了。

狐狸跑啊跑，看到田野上有一大群牛正在吃草。

"这是谁的牛群？"

"玛尔王的。"人们回答。

"你们怎么回事？不要再提玛尔王的名字了，国王对他十分生气。我身后跟着国王的大军，谁再提到玛尔王，就会被砍头。如果有人问这是谁的牛群，你们就说是查查国王的，要不可就要倒大霉了。"

狐狸继续向前跑，看到山上有一大群羊。

"这是谁的羊群？"

"玛尔王的。"

狐狸又一字一句地重复了之前对放牛人说的话。

狐狸继续向前跑，看到一片广阔的田地，人们正在收割粮食。

"这是谁的田地？"

"玛尔王的。"

狐狸又对农民们重复了同样的话。

狐狸继续向前跑,看到一片草地。

"这是谁的草地?"

"玛尔王的。"

狐狸又对割草人重复了同样的话。

狐狸跑到了玛尔王的宫殿。

"玛尔王啊,玛尔王,你看到远处那片烟尘了吗?那是国王带着大军来了。他们要毁掉你的领地,夺走你的财产,还要把你杀死。我曾吃过你的一只鸡,至今都记着你的好,所以跑来这里向你通风报信。趁现在还来得及,快逃命吧!"

"我该怎么办?我能逃到哪里?"玛尔王看着远处的烟尘,害怕得走来走去。

"已经没地儿逃了,赶快藏进这个草垛吧,要来不及了……"

玛尔王爬进了干草垛。

此时,婚礼队伍也跟随而来。伴随着锣鼓声、唢呐声和歌声,查查国王和他的新婚妻子坐在镀金的马车上,前后簇拥着无数骑兵。

队伍到达了田野,他们看到一大群牛正在吃草。

"这是谁的牛群?"骑兵问道。

"查查国王的。"放牛人回答道。

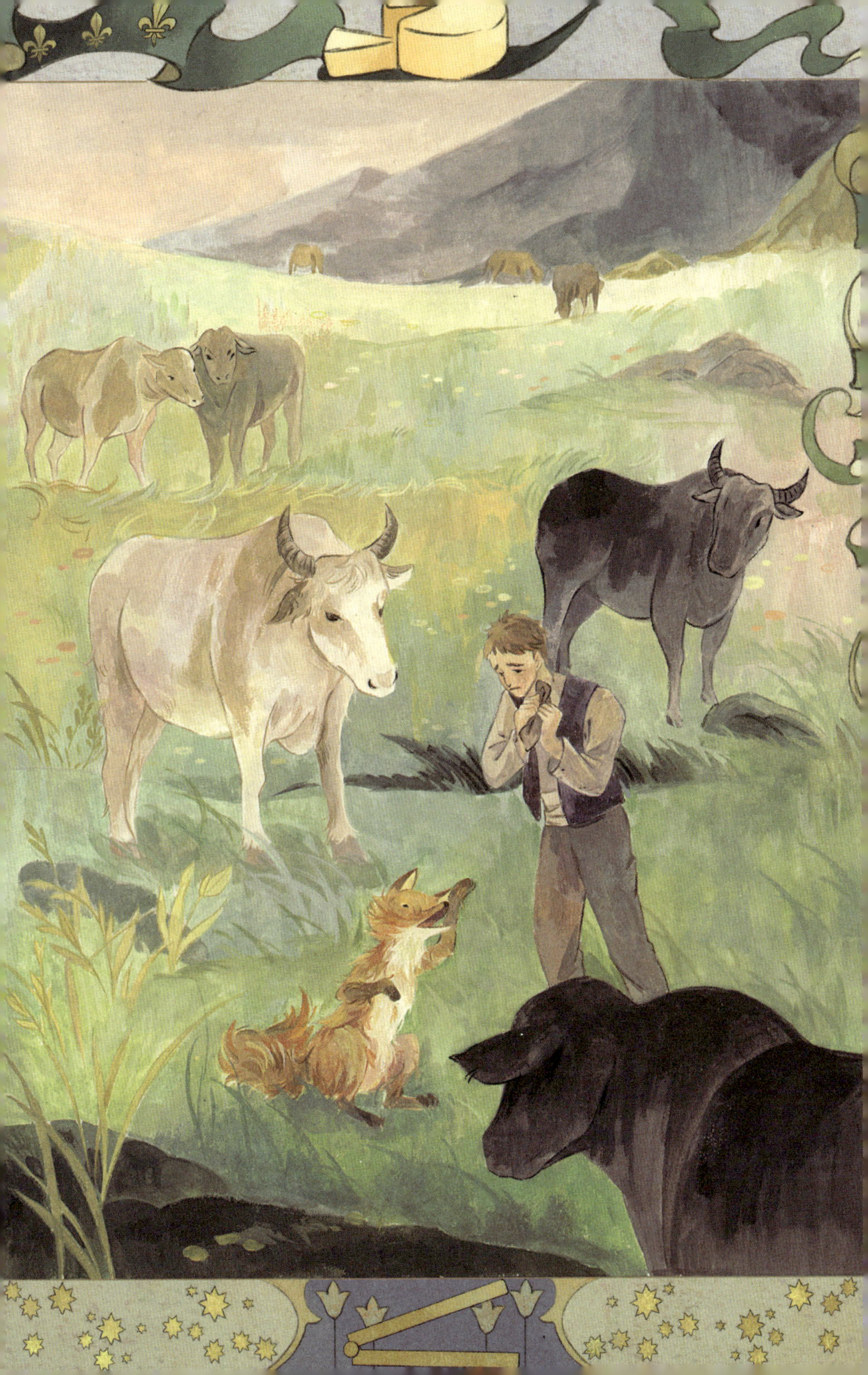

队伍又向前行进。他们走到山边,看到一大群白羊。

"这是谁的羊群?"骑兵问道。

"查查国王的。"牧羊人回答道。

队伍又向前行进。他们看到一片广阔的田地。

"这是谁的田地?"

"查查国王的。"

所有人都惊叹不已,磨坊主自己也惊得目瞪口呆。

他们走啊走,走到了玛尔王的宫殿。干亲家狐狸接待了客人。他们又庆祝了七天七夜。

之后,客人们各自回家。查查国王和他的妻子以及干亲家狐狸则继续住在玛尔王的宫殿里。

据说,直到今天,玛尔王仍在逃亡。

聪明人和蠢人

从前,有两个兄弟,哥哥很聪明,而弟弟非常愚蠢。聪明的哥哥总是强迫弟弟为自己干活,弟弟非常痛苦。在这样的折磨之下,弟弟终于忍无可忍了。

"哥哥,我不想再跟你一起生活了。我们分家吧,把我的那份给我,我自己住。"

"好的,"聪明的哥哥说,"今天你把家畜都带去喝水,然后我给它们喂食,当我们带它们回家时,进入畜舍的家畜都归我,留在院子里的都归你。"

时值冬天。

愚蠢的弟弟答应了。他把家畜带去喝水，然后又赶回家去。天很冷，动物们都冻僵了。一回到家，家畜们全都冲进畜舍。院子里只剩下一头长了疥疮的病牛，站在一根圆木旁蹭痒。于是，这头牛归了愚蠢的弟弟。

弟弟将绳子套在了这头倒霉的牛的脖子上，然后将它牵出去准备卖掉。

弟弟牵着牛，时不时吆喝两声：

"哎，卖牛了！哎！"

道路两旁荒无人烟，只有古建筑的废墟。弟弟的叫喊声在废墟中产生了响亮的回音。

"哎……"

愚蠢的弟弟停下了脚步。

"有人在跟我说话，对不对？"

"对……"回声重复。

"钱有没有?"

"有……"

"你把钱给我,我把牛卖给你。"

"给你……"

"这头牛卖十块钱。"

"十块钱……"

"你要现在付款,还是之后?"

"之后……"

"好的,那就明天吧!"

"明天吧……"

蠢人很高兴自己这么快就把牛卖了,还卖了个好价钱。他把牛拴在门洞旁的石头上,吹着口哨回家了。

第二天一大早,弟弟就起床准备去取钱。而在夜里,几匹狼已经把牛吃掉了。

蠢人过来一看,发现废墟周围散落着牛骨头。

"怎么,"愚人说,"你把牛宰掉吃了?"

"吃了……"

"怎么样,牛肉好不好吃?"

"不好吃……"

愚蠢的弟弟有些害怕,担心买家因为牛肉不合口味而拒绝付款。

"这又不是我的错,交易的时候你也看到了牛的样子。说好了十块钱,不给我可不行。"

"不行……"

愚蠢的弟弟听到"不行"之后气得要命,他抡着手里的棒子,向身旁松动的墙壁砸去。他砸啊砸,砸掉了墙上的几块石头。谁知道墙壁里竟藏着财宝,随着石头的落下,金子也叮叮咣咣地掉到了倒霉蛋的脚边。

"这就对了……你给我这么多干什么,付十块钱就够了。我拿走我应得的,剩下的钱你自己留着。"

愚人拿了一个金币就回家了。

"你的牛卖掉了吗?"哥哥讥笑着问。

"卖掉了。"

"卖给谁了?"

"卖给废墟了。"

"拿到钱了吗?"

"当然拿到了。刚开始有些困难,我就用

棒子威胁废墟。显然，我把它吓着了，它往我的脚边扔下了很多金子，都堆成了一座金山。但是我只拿了我应得的十块钱，剩下的金子我都丢在那儿了，不是我的东西我不动。"

愚蠢的弟弟给哥哥看了自己的金币。

"金子在哪儿？"哥哥问。

"我不告诉你。你太贪婪了，你拿到多少金子都会让我背回来，我的背会被压断的。"

聪明的哥哥发誓绝不会让弟弟背金子，只要他告诉自己金子在哪里。

"把你的那块金币给我，"哥哥说，"然后告诉我其他金子都在哪儿。你都要衣不蔽体了，我会给你买新衣服的。"

愚蠢的弟弟一听到哥哥要给自己买新衣服，立马就把自己的金币给了出去，还带着他去找剩下的财宝。聪明的哥哥将所有的金子都带回了家，发了一笔大财，却没给自己的弟弟买新衣服。

弟弟多次提醒哥哥给自己买衣服，但哥哥始终无动于衷。见事情不妙，愚蠢的弟弟去找法官告状。

"法官先生，"弟弟说，"我之前有一头牛，我把它卖给了废墟……"

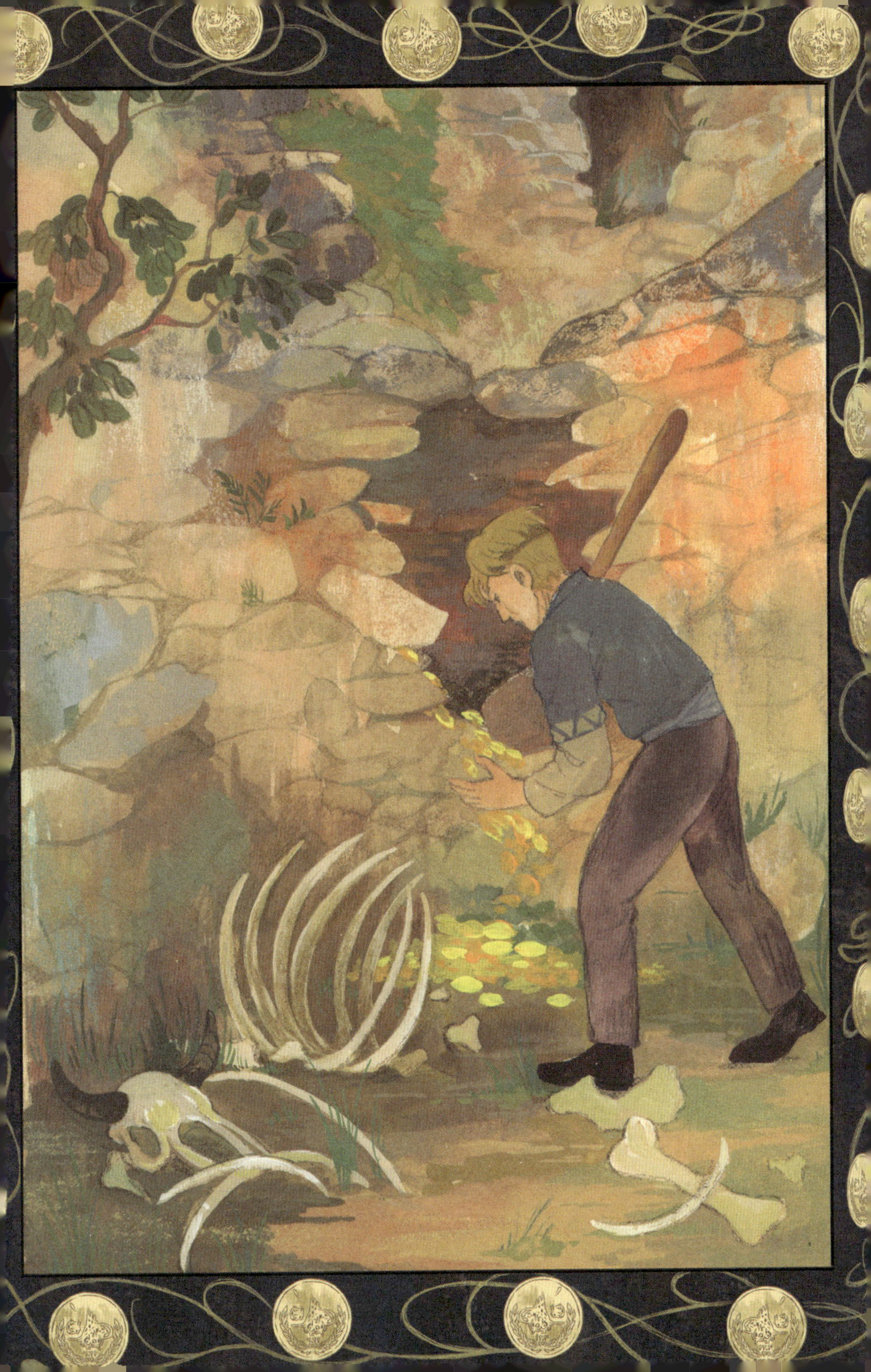

"够了，够了！"法官打断了他的话，"哪里来的傻瓜，怎么可能把牛卖给废墟？"

法官嘲笑着把愚蠢的弟弟赶了出去。

愚蠢的弟弟逢人就抱怨，但无论他跟谁诉苦，都只能得到嘲笑。

据说，直到今天，街上还有个倒霉的傻子衣衫褴褛，逢人就讲述自己不幸的遭遇。但没有人相信他，所有人都嘲笑他，包括他那个聪明的哥哥。

不可战胜的公鸡

从前,有一只公鸡。

它啄呀啄,发现了金子。

公鸡飞上屋顶,大叫:

"喔——喔——喔,我找到钱了!"

国王听见了,就命大臣去把公鸡的钱抢走。

大臣找到了公鸡,把它的钱抢了过来。

公鸡叫道:

"喔——喔——喔,国王拿了我的钱,他发财了!"

国王便把金子交给大臣,说:

"把钱送回去吧,要不那只卑鄙的鸡会到处败坏我的名声。"

大臣又把金子还给了公鸡。

公鸡飞上屋顶大叫:

"喔——喔——喔,国王忌惮我!"

国王大怒,命令大臣:

"去,抓住这个坏蛋,砍掉它的脑袋,把它煮了吃,我要彻底摆脱它。"

大臣抓住了公鸡。

公鸡大叫:

"喔——喔——喔,国王邀请我去做客!"

大臣把鸡宰了,放进锅里煮。但公鸡没有住嘴。

"喔——喔——喔,国王请我洗热水澡!"

大臣将煮好的鸡送到国王面前。公鸡大叫:

"我和国王坐在一张桌子旁。喔——喔——喔!"

国王急忙将公鸡吞了下去。公鸡在国王喉咙里大叫:

"这条路好窄啊!喔——喔——喔!"

见公鸡还没闭嘴，国王命大臣们准备好利剑。如果公鸡再出一声，就刺向它。

两个大臣拿着剑站在国王左右。

顺着食道，公鸡掉进了国王的肚子。公鸡大叫：

"我曾生活在光明的世界，现在堕入了黑暗的国度。喔——喔——喔！"

"动手！"国王命令道。

大臣们用剑剖开了国王的肚子。公鸡跳了出来，逃到了屋顶上，大叫：

"喔——喔——喔！"